钟形罩瓶

Sylvia Plath

[美] 西尔维娅·普拉斯∠著

黄健人　赵为∠译

大学时期的普拉斯

↑ 少女普拉斯

↓ 普拉斯和休斯

← 普拉斯手迹

← 位于英国西约克郡的普拉斯墓碑

↓ 位于麻省北安普敦的史密斯学院

《钟形罩瓶》初版封面

目录

命如珍珠的普拉斯（代序）

沈东子

　　与随心所欲的美国作家相比，英国作家往往更严谨，更牛津，更一本正经。对于这种一本正经，至少有一类美国文人是很不屑的，比如金斯堡、凯鲁亚克那一类，他们更喜欢无拘无束的放荡生活，所以不怎么去伦敦，更愿意往巴黎跑。但美国毕竟曾经是英国的殖民地，要谈论英语文学，英国还是祖师爷，有哪个美国作家敢说，自己没受过乔叟、莎士比亚、斯威夫特的滋润？因此，总有那么一些受过科班教育的美国作家，只要一提到英国文化，脸上就会浮现敬畏和向往，比如西尔维娅·普拉斯（Sylvia Plath，1932—1963）。

　　这普拉斯是个大美人，美到什么程度呢？如果举办全球女作家选美，她会被选为文坛上的美国小姐。美貌有时候可以决定一个人的文学地位，尤其是对于女人。莱斯沃斯岛上的萨福，锦江边上的薛涛，俄罗斯的文学月亮茨维塔耶娃，巴黎文化圈的交际花阿娜伊斯·宁，哪个不是貌美如花？若论文学成就，林徽因、陆小曼不及张爱玲的十分之一，但后人乐于谈论林、陆，原因也是她们漂亮。普拉斯当然不仅仅只有美貌，她还会写诗写小说，写得还相当不错，是个有远大抱负的女作家。

不过有时候太有抱负，活得也很累。她在大学期间最崇拜的文学偶像，是英国诗人狄兰·托马斯（Dylan Thomas, 1914—1953）。这人是语言天才，写诗惜字如金，沉迷于对死亡的探究，这一点最合普美人的胃口。电影《星际穿越》里那首诗《不要温和地走进那个良夜》，就是狄兰为其病父所作。她在《小姐》杂志做编辑时，经常向人推荐他。可是接下来发生了一件伤心事：1953 年 6 月，托马斯不但来到纽约，还专程前来拜访该杂志，与各位大编辑共进午餐，可不知什么原因——可能是疏忽，也可能是嫉妒，这么重大的活动，居然没人通知她。

她错过了与偶像相遇的唯一机会，要知道那年普小姐芳龄二十一，正当花样年华，托氏三十九，正值创作旺盛期，假设美人普拉斯与才子托马斯一见钟情，两人的命运会不会因此而改变？还真很难说。偶像的偶也是配偶的偶，女人一定有直觉，何况普是女诗人，女诗人是世上最敏感的女人。她发现自己与托擦肩而过，不甘心，跑去托下榻的切尔西旅馆守候，一守就好几天，可托走了。普拉斯崇拜托马斯，可托马斯并不知道世上有个普拉斯，一位面若梦露的女粉丝。

接下来几礼拜，普拉斯变得行为异常，母亲发现她开始自残，用刀片割自己的大腿，割得鲜血淋漓，可她说一点也不疼。母亲立刻带她去看精神病大夫，并住了进去，在里面接受残酷的电击治疗，那是当时比较先进的疗法。这边普拉斯在治病，那边托马斯死了，死在纽约。原来三个多月后，托马斯鬼使神差又来纽约了，又住进切尔西，说是举办诗歌朗诵会，但整天泡在附近的白马酒吧酗酒。也不知是不是感应，托氏自上次回英国后，患上严重失忆症，老想再来纽约看看。他想看什么呢，没人确切知道。

11 月初的一天傍晚，托马斯喝得酩酊大醉，向旁人夸耀自己喝了十八瓶威士忌，破个人纪录了，回旅馆后即陷入昏睡，几天后去世。狄兰太太凯特琳从英国赶来，看见丈夫遗容一下就失去理智，扬言要杀死接待他的那些美国佬，并真的动手打人，结果被绑起来。她是位舞蹈演员，一生热烈地爱着狄兰，可狄兰不怎么爱她，这是另一个悲惨的故事。普拉斯"痊愈"后，托马斯已不在人世，她独自前往牛津，进入她向往的英国名校深造。

2011 年 3 月，一个叫尼克的男人在阿拉斯加大学悬梁自尽。他是一位海洋生物学家。本人很平凡，没孩子，也没结过婚，但是他的死引起全世界的注意，为什么呢？因为他的父母很不平凡，母亲就是普拉斯。原来普美人到英国后，又爱上一位英国人，这次爱上的是特德·休斯（T.Hughes，1930—1998），也是位大诗人。应该说普拉斯的文学成就不及休斯，可名气比休斯响亮，因为普拉斯不但会写诗，还会写小说，她把自己的苦闷全都写进一本小说里，就是这本《钟形罩瓶》。《钟形罩瓶》十几年前由黄健人女士译毕，后译稿遗失，此次请黄女士与女儿赵为合译，母女搭档珠联璧合。

这是一部自传体小说，美丽的女主角埃丝特就是普本人。所谓钟形罩瓶，指的是实验室里一种钟形的玻璃罩瓶，用来保存胚胎之类的标本，普拉斯的用意很明显，喻指现实生活对灵魂的无形禁锢。世人是明白这一点的，小说的初版封面用的就是这样一幅画：一个年轻女子在玻璃罩瓶中苦闷沉思。埃丝特的情人威拉德是个伪君子，威拉德的不可捉摸，威母的尖刻，自己母亲的哀愁，写作的挫折感，等等，让年轻的埃丝特焦头烂额。

一天母亲来看她，带来一束玫瑰花。"留着给我的葬礼好了。"埃丝特说。"今天是你生日呀。"母亲几乎哭起来了。埃丝特随手把玫瑰扔进了废纸篓。为了摆脱深陷的泥淖，她选择自杀。

小说描写了普拉斯在《小姐》杂志实习时，见到的种种情节故事，再现了杂志社内部各位同事复杂微妙的人际关系，细节之生动令人讶异。据说小说出版后，诸同事颇感尴尬，有的同事为此还离了婚。

小说充满了种种诡异的暗示，但在命运到来之前，人是看不懂那些暗示的。现实生活中的普拉斯，在生下小尼克后，与休斯的婚姻亮起红灯，这期间休斯爱上了犹太女子魏韦尔，普拉斯得悉这个消息，在伦敦公寓开煤气自杀。那时尼克只有一周岁，跟姐姐一道睡在隔壁房间里。原来休斯休斯，就是休掉普拉斯的意思。魏韦尔也并不幸福，六年后先把与休斯生的四岁女儿杀死，随后自我了结，方式也是打开煤气罐。

休斯身边有如此多的人死于非命，自然会引起世人震惊，也引起公愤。他在去世前出版了诗体回忆录《生日信札》，试图为自己做一点辩护，但并未获得普拉斯粉丝们的谅解。普拉斯墓碑上刻有休斯的名字，那名字后来被人凿掉了，刀凿者一定觉得这个英国桂冠诗人，配不上普拉斯的如海深情。

尼克曾分别出现在父母的诗中，母亲叫他"谷仓里的宝贝"，父亲形容他的眼睛如"湿润的珍珠"，但这一切并不能减轻他幼年丧母的痛苦，他终于还是步妈妈后尘，结束了自己四十六年的忧伤。尼克去世后，媒体争相报道，本意是想多写写尼克，却不料还是被其母亲普拉斯抢了风头。有的人命如珍珠，注定当不了配角，在有她出现的地方，其他人都会黯然失色。

献给伊丽莎白和大卫

第
一
章

　　那年夏天非同寻常，闷热难当。那年夏天，他们用电刑处死了卢森堡夫妇[1]，而我，根本不明白自己来纽约干什么。对处决，我一无所知，想到电刑就直犯恶心。然而，整天报纸里读到的都是这件事——每个街角，每个冒着陈腐之气，散发花生味儿的地铁口，总有报纸的头版鼓起眼睛瞪着我。这件事跟我毫无关系，可我忍不住要琢磨电刑——活生生地，沿着你的神经一路烧过去，那是一种什么感觉啊！

　　我想，人世间没什么比这更惨的了。

　　纽约已经够惨的了。暗夜弥散一股假冒乡村湿气的清新之意，刚到早晨九点便蒸发殆尽，犹如一场美梦的小尾巴。街道两旁，花岗石大厦林立，状若道道峡谷，而那谷底在阳光下热气蒸腾，灰蒙蒙犹如海市蜃楼。汽车车顶被烤得吱吱作响，发出闪光。煤渣般的烟尘，干巴巴扑进我的眼睛，钻下我的喉咙。

　　电台老在播送卢森堡夫妇的事，办公室里，同事们也议论不休。结果我无法把这夫妻俩从脑海中清除出去。头一回看到尸体之后，

---

[1] 卢森堡夫妇（The Rosenbergs）：当时美国麦卡锡主义盛行，朱利叶斯·卢森堡夫妇被指控为苏联盗窃原子弹机密。1953 年遭逮捕，同年被美国最高法院判决执行电椅死刑。

我也是如此。接连数星期，那具尸体的脑袋——准确地说，是那脑袋的残余部分——总漂浮在早餐煎蛋和火腿的后头，在巴迪·威拉德的脸后头，让我目睹那尸体就怪他。不久，我便觉得自己身上牵着条绳子，绳上系着那具尸体的脑袋，活像个黑黢黢、没鼻子的气球，散发着一股醋酸味儿。

我知道那个夏天自己不对劲。因为满脑子都在琢磨卢森堡那一对儿，琢磨自己当时该有多傻，才会买那么多价格昂贵，穿起来却难受的衣裳。这些衣裳挂在我的衣橱里，活像一条条死鱼。我悔恨交加，自己欢欢喜喜在大学里一点一点积攒起来的小成功，怎么就在麦迪孙大街两侧一溜儿的大理石和厚玻璃墙外，咝咝地烧成了一场空！

照常理，我本该兴高采烈地享受这段时光。

照常理，我正被全美成千上万跟我一样的大学女生们妒忌眼红。她们满心只想跟我一样，在午餐时间去布鲁明戴尔百货①买一双7码的黑漆皮鞋，再搭配一条黑漆皮带、一只黑漆皮包，在纽约城里四处招摇。我们十二个人实习的杂志刊登了我的照片——照片上，我啜着马蒂尼鸡尾酒，上身是件袒胸露臂的银线仿缎紧身衣，下身是条蓬松犹如大团白云的白纱裙，站在什么星光大厅②，被好几个无名小伙围在中间。他们都长着典型骨感的美国脸，或被雇用，或被借来，专为参加拍摄——谁看到这照片，都会以为我正心花怒放。

---

① 布鲁明戴尔百货（Bloomingdale's）：纽约布鲁明戴尔百货商场，成立于1861年，是一家声名显赫的高级商场。
② 星光大厅（Starlight Roof）：此处当指纽约市华尔道夫酒店顶楼的大舞会厅，自1931年开放以来，一直是纽约最宽敞豪华的舞厅。

瞧瞧这个国家发生的奇迹吧，人家会说。一个穷丫头，偏远乡下生活十九年，穷得连本杂志都买不起。可倏忽之间，荣获奖学金念大学，这儿得个奖，那儿得个奖，终于有一天，居然玩转了纽约城，仿佛这座城市就是她的私人座驾似的。

其实，我什么都没玩转，连自己都玩不转了。只知闷头从酒店去上班，再赶着去参加聚会。从聚会回到酒店，再去上班，麻木往复，好似一辆无轨电车。我本该跟多数其他女孩子一样欢天喜地，可就是兴奋不起来。我内心死寂空虚，如同龙卷风的风眼，四周喧嚣迭起，而我无可奈何，死气沉沉跟着转。

我们一共十二个人，都住在这家酒店里。

我们都在一家时尚杂志举办的征文大赛中获奖。我们撰写散文、短篇小说、诗歌与时尚广告参赛。作为奖品，人家给了我们在纽约实习一个月的机会，包揽了所有开销，还提供一堆又一堆的免费福利，比如芭蕾舞演出的门票啦，时装秀的入场券啦，在一家昂贵的明星发廊里做头发啦，还安排我们与自己心仪行业里的知名人士见面，还指点我们如何根据肤色来打扮自己。

他们当时派送的彩妆盒，我至今还留着。这一盒专为褐色眼睛、褐色头发的人设计：一支方形的褐色睫毛膏，小小的刷头；圆圆的一小块蓝色眼影，刚够指尖轻轻一蘸；还有从粉到红的三色唇膏，都排在小小的镀金盒子里，盒子内侧还有镜子。我还留着一个白色塑料的墨镜盒，上面缀满彩色的贝壳、亮片和一个绿色的塑料海星。

我们收到的礼物堆积如山，只因为这是给生产公司免费打广告。我意识到了这点，但也没什么好愤世嫉俗的。天上掉下这么多不要钱的礼物，手舞足蹈还来不及呢。后来很长一段时间里，我把它们都珍藏起来。再后来，病好了，我又把它们拿出来，至今屋子里还四处摆着。我偶尔也还用用那些口红，上周还把墨镜盒上的塑料海星剪了下来给孩子玩。

是的，我们一共十二个人，都住在酒店里。住在同一侧翼、同一层上的单人间里，一间挨一间，让人联想到大学的宿舍。这不是一家真正意义上的酒店——真正的酒店，应该是不分男女混住同一层。

这家酒店叫"亚马孙"，只接待女宾。其中多数是年龄跟我不相上下的女孩子，她们的父母财大气粗，却担心女儿会受男人的诱骗，就把她们送到这儿来。这些姑娘要么在凯蒂·吉布斯学院那种时髦高级的秘书学校上学，进课堂还得戴帽子、穿丝袜和戴手套；要么就刚从凯蒂·吉布斯学院那种地方毕业，给公司总裁们当秘书，在纽约无所事事混日子，伺机以待，好嫁个飞黄腾达的男人。

我觉得这些姑娘们个个百无聊赖。我看到她们在露台上，边打呵欠边涂指甲油，努力保持在百慕大度假时皮肤晒出的小麦色，似乎对一切都腻味透顶。我跟她们中的一个闲聊过，她口口声声自己腻味游艇，腻味乘飞机到处飞，腻味圣诞假期去瑞士滑雪，也腻味了巴西的男人们。

这样的女孩子至今让我恶心。我说不出地嫉妒她们。活了十九年，除了这次来纽约，我还从未踏出过新英格兰一步。人生中的第一个大好机会，我却坐着干等，任它像流水般穿过我的指缝。

我想，众多烦心事里，多琳得算一宗。

我从没结交过多琳这样的姑娘。她来自南部的一所专门培养社交名媛的大学，一头淡金色的蓬松长发，宛若一团棉花糖，萦绕着她的脑袋。一对蓝眼睛犹如透明的玛瑙，坚硬明亮，坚不可摧。而嘴边永远挂着一丝冷笑。我说的可不是那种尖酸的冷笑，而是一种开心的冷笑，难以捉摸，仿佛她身边的一干人等，个个笨头笨脑，只要她乐意，随时可以拿人家寻开心。

多琳一眼就把我挑了出来。她让我感觉自己比其他人聪明得多，而她的确幽默机灵。开会时她总坐在我旁边，到访的名人滔滔不绝时，她就悄悄压低嗓门，俏皮话、挖苦话，接二连三。

她说她的学校特别看重穿衣打扮，所有女生都专门挑选和连衣裙一样的料子来定做手袋，这样，每换一身行头，就都有合适的包包来配。这类细节让我大为震撼。从这里，我窥见了从不间断的奇妙精致的奢靡生活，这份奢靡，磁石一般吸引着我。

多琳只为了一件事对我恶语相向：我太舍得下苦功，总在期限前交稿子。

"这有什么好拼死拼活的？"多琳懒洋洋地躺在我的床上，她身披一件浅粉色的丝绸晨衣，用小砂锉打磨着自己被香烟熏黄了的长手指甲，而我正忙着打印一篇对一位畅销小说家的访谈稿。

这是我的另一宗烦心事——我们其他人都只穿浆过的棉布夏季睡裙、絮棉的家居便服，或者也能当泳装罩衣穿的厚绒布长袍。可是多琳，总穿着半透明的尼龙和蕾丝长睡裙，披着裸色的晨衣，晨衣还起静电，包裹着她的身体。她散发着一种难以名状、略带汗味的气息，让我联想起被撕下来揉碎后，香蕨木扇形叶子在指尖的留香。

"你晓得的，老杰伊·茜才不在乎你那稿子是明天交还是周一交呢。"多琳点起一支烟，缓缓翕动着鼻孔，烟雾弥漫，遮蔽了她的眼睛。"杰伊·茜丑得简直像犯罪。"多琳冷冰冰地说，"她那老丈夫靠近她之前，肯定先得把灯都给关了，不然绝对要吐。"

杰伊·茜是我老板，无论多琳如何贬损，我还是很喜欢她。杰伊跟那些贴着假睫毛，珠光宝气，招摇虚伪的时尚杂志编辑不同，她有真本事，脑筋灵光，长得虽不中看，却无伤大雅。她懂得好几种语言，认识圈子里每一位作家高手。

我试图想象杰伊·茜脱下刻板的套装，摘下午餐会必戴的帽子，光着身子和她肥胖的老公同床共枕的模样，可实在想不出。每逢想象男女同床的情景，我就彻底傻掉。

杰伊·茜想给我指点，认识的每一个老太太都想给我指点，但我突然觉得，她们没啥好指点我的。我把罩子合上打字机，"啪"的一声关上。

多琳咧嘴一笑："真是个聪明姑娘。"

有人敲门。

"谁啊？"我懒得起身开门。

"是我，贝特西。你去不去酒会？"

"大概去吧。"我还是没开门。

他们直接把贝特西拉到了纽约，从乡土气息十足的堪萨斯州。她，还有她那把晃荡过来晃荡过去的金发马尾辫，以及那张甜美的大众情人脸。我记得有一次，我和她被一个下巴刮得发青的电视制作人叫到办公室，那人身穿细条纹西装，想看看从我们身上能不能挖掘些素材做节目。贝特西便扯起了堪萨斯的雄株玉米、雌株玉米，越说越起劲，那制作人听得都要哭了。可惜啊，他说，这些他做节目都用不上。

后来，《美人儿》杂志的编辑，劝说贝特西把头发剪短，还让她当了回封面女郎。我还不时看到她出镜，扮成家庭主妇，给 B.H. 雷格牌成衣打广告。

贝特西总问我想不想和她，还有别的姑娘一道，参加这个活动、那个活动，出手相救似的。可她从没邀请过多琳。私底下，多琳叫她"马大哈女牛仔"。

"你跟我们一起打车走吗？"贝特西的声音从门那边传过来。

多琳摇摇头。

"不用啦，贝特西，"我说，"我跟多琳一块儿走。"

"那好吧。"我能听到贝特西脚步轻轻远去。

"我们去酒会上露个脸，待够了就走。"多琳边对我说着，边在我床边台灯的底座上拧灭了香烟，"然后去城里玩玩。他们安排的那些酒会，和学校体育馆里老气横秋的舞会没什么两样。他们干吗老找一帮耶鲁的男生来？那些男生蠢到家了！"

巴迪·威拉德在耶鲁念书，可我现在一想，他之所以不对头，就因为他蠢。哦，他考试成绩是不错，在科德角海滨度假时，还和一个讨人嫌的女招待眉来眼去，那女的叫格莱迪丝。可巴迪头脑不灵光，一点儿直觉都没有。多琳的直觉就很好。她每说一句话，都像我骨头里的一个神秘声音在发声。

我们被堵在了去剧院看戏的高峰车流里。我坐的出租车车头正挤在贝特西的车尾上，我后头则是其他四个女孩坐的车，整条街上寸步难移。

多琳真是美极了。她穿一条白色无肩带的蕾丝裙，裙子上半部的紧身胸衣收紧了她的腰，突显曲线，突显她丰满的胸和臀，夺人眼球。在苍白散粉之下，她的皮肤散发着古铜色的光泽。

我穿的一条山东绸紧身裙，花了四十美元①。当时听说自己有幸入选去纽约，我就大手大脚，疯狂购物。这条裙子剪裁别出心裁，里头无法穿胸罩，不过无所谓。我瘦骨伶仃，像个男孩子，胸部几乎无甚隆起。炎热的夏夜，我也喜欢这近乎赤裸的感觉。

不过，纽约城褪去了我皮肤上的日晒颜色。我皮肤发黄，简直像个华人。我老是因为裙子和自己奇怪的肤色紧张不安，可和多琳在一起，我就全然放松，一派自以为是，冷眼旁观的派头。

那个身穿蓝色格子棉衬衫、黑色便装长裤，脚踏刻花马靴的男人，一直朝我们的车里张望，他闲步从酒吧的条纹遮阳篷下朝我们走过来。无法自欺，我很清楚他是冲着多琳来的。他在堵塞的车辆之中穿行而过，倚到我们敞开着的车窗旁，魅力十足。

"我说，夜色这么美好，两位美人儿干吗孤零零坐在出租车里？"

他嘴巴大大咧开，牙齿雪白，笑得宛如牙膏广告。

"我们在去酒会的路上。"我脱口而出，而多琳忽然像根木头，

---

① 根据因特网上的估算，1953 年的 1 美元约相当于 2015 年的 9 美元。

一言不发，漫不经心抚弄着手包表面覆盖的白色蕾丝。

"听起来真没劲。"男人说，"不如跟我去那边的酒吧喝几杯怎么样？我还有几个朋友一道呢。"

他朝遮阳篷下几个衣着随便、懒散站立的男人点头示意。那几个人一直在观望这边，见那男人回头，立刻哄笑。

那笑声本该让我警觉的——猥猥琐琐，玩世不恭，充满讥讽。可车堵得毫无移动的迹象，我知道，假如不做反应，眨眼工夫我就会对错失探索纽约的良机而懊恼。我所见到的纽约，一直有板有眼，遵循杂志工作人员的精心安排。

"你觉得呢，多琳？"我说。

"你觉得呢，多琳？"男人咧着嘴，笑说。直到今日，我都想不起他不笑的时候到底什么样。他大概总在笑吧，笑成那样，对他来说，大概天经地义。

"好吧，也行。"多琳对我说。我打开车门。我们刚下车往酒吧的方向走，车流便开始向前挪动。

刹车尖厉地嘶鸣，接着是沉闷的碰撞声。

"嘿，你们两个！"出租车司机从车窗里探出头，气得脸都绿了，"你们想跑？"

他刹车刹得太急，后头那辆出租车轰隆撞了上去。我们看到车里的四个女孩手臂乱舞，挣扎着直起身。

我们站在马路边，而男人笑着回身走到车边，递给司机一张钞票，四下喇叭声震耳欲聋，还有人粗着嗓子叫喊。我们目睹杂志的同事们接连前行，出租车鱼贯而过，仿佛一条仅有伴娘的婚礼车队。

"来吧，弗兰基。"男人朝人群中的一个朋友说。这人小个子，一脸不开心，走过来和我们一起进了酒吧。

这种类型的男人我真受不了。穿上高跟鞋，我身高足有 1.78 米。跟小个男人站在一起，我就得稍稍弓着腰，屁股也撅得一高一低，好让自己矮一点。我尴尬难看，缩手缩脚，像给拉去出演滑稽戏似的。

刹那间，我做着美梦，盼望我们会按身高来配对。那样的话，我就能和起初搭讪的那个男人搭档，他身高超过 1.8 米。然而，他跟多琳并肩走了，瞧都没瞧我一眼。弗兰基贴着我的胳膊，我装作没注意，在多琳的身旁坐下，紧挨着她。

酒吧灯光昏暗，除开多琳，我几乎什么都看不见。淡金色的头发、白裙子，她仿佛是银子做的，吧台那边的霓虹灯也反射在她身上。我则觉得自己渐渐融入阴影之中，变成照片底片上从未谋面的某个人。

"我们喝点什么？"满脸笑容的男人问。

"给我来杯古典鸡尾酒①好了。"多琳对着我说。

点酒总让我晕头转向。威士忌和杜松子酒我都分不清，没有哪次能点到自己喜欢的。巴迪·威拉德和其他我认识的大学男生们，要么没钱买高度酒喝，要么对喝酒嗤之以鼻。那么多男生都不抽烟，不喝酒，真令人大跌眼镜。而我认识的似乎都属这一类。

跟我一起的时候，巴迪·威拉德买过一瓶杜邦内甜葡萄酒，这是他喝过的最出格的东西了。他这么做，不过为了显示自己尽管学

---

① 古典鸡尾酒（Old-Fashioned）：是创造于 19 世纪末的经典鸡尾酒，由威士忌、苦味酒、糖、柠檬皮混合调制而成。

医，但仍有美感，有鉴赏力。

"我要杯伏特加。"我说。

男人打量起我来："里头加什么吗？"

"纯伏特加就好。"我说，"我从来只喝纯的。"

我想，要是说加冰，或加杜松子酒什么的，肯定显得傻气。以前见过一张伏特加酒的广告，雪堆之中放着一满杯伏特加，沐浴着蓝蓝的光。那杯酒清澈纯净，宛若冰泉。所以，我觉得喝杯纯的不会有事。那时候，我做梦都期盼，何时能点到一杯美味绝伦的酒。

侍者走过来，男人帮我们四个人都叫了酒水。这个酒吧都市气息十足，而这男人一身农场行头，举手投足轻松自在，我猜多半是个名人。

多琳一直不说话，摆弄着桌上木屑压制成的杯垫，过了一会儿，点燃一支香烟。那男人不以为意，目光直勾勾地盯着她——人们去动物园观赏罕见的白色金刚鹦鹉，也是这副模样，巴巴地盼那鸟突然开口，说句人话。

酒送上来了，我的那杯看上去当真清澈纯净，和广告上的别无二致。

沉默在我四周疯长，如同林中密集的野草。"你是做什么的？"我问那男人，试图打破沉默，"你在纽约做什么？"

男人缓缓地把目光从多琳的肩上移开，似乎煞费气力。"我是电台 DJ，"他说，"你肯定听过我的名字——莱尼·谢泼德。"

"我知道你。"多琳忽然开口。

"那我真高兴，宝贝儿。"男人爆发大笑，"认识我，对你有好处。我名气大着呢。"

莱尼·谢泼德深深地看了弗兰基一眼。

"嘿，你是哪里人？"弗兰基猛然坐直，"你叫什么名字？"

"坐在这儿的是多琳。"莱尼的手揽过多琳光溜溜的臂膀，在上头捏了一把。

多琳仿佛完全没察觉，不见她有任何反应，我大为吃惊。她一味神情忧郁地坐着，一袭白裙，像个被漂白了的金发黑人女子，小口啜着她的酒。

"我叫艾丽·希金博特姆。"我回答，"从芝加哥来。"说完这句话，我沉着多了。我可不愿那一晚说的话、做的事牵扯到自己，也不愿说出我的真名和故乡波士顿。

"嘿，艾丽，我们跳个舞怎么样？"

这小矮子男人脚踩橙色的麂皮内增高鞋，身上的 T 恤小得出奇，还罩了一件松松垮垮的蓝运动外套——想到和他一块儿跳舞，我直发笑。要说我有什么看不入眼的，就数穿蓝色衣服的男人。黑色、灰色都好，就连棕色也过得去。蓝色，看着就想笑。

"我没情绪。"我冷冷一句，把身子侧过去背对着他，还把椅子往多琳和莱尼那边移了移。

而这两个人，此刻已亲热得如同老相识。多琳手持细长银勺，从玻璃杯底舀水果块吃。每次她把勺子移向唇边，莱尼又是埋怨低吼，又是猛烈咆哮，好似一头乞食的狗，想吃勺子上的水果。多琳咯咯笑着，只顾继续打捞水果。

我渐渐感觉，伏特加正中下怀。它味道寡淡，却直插胃部，犹如吞剑表演者手中的利剑，为我注满神一般的力量。

"我还是走吧。"弗兰基边说边站起来。

酒吧里头太暗，我看不清他的面孔，却发觉他的声音又高又尖又滑稽。谁都没有理会他。

"嘿，莱尼，你还欠我钱呢。记得吗，莱尼，你不是欠我的钱吗，莱尼？"

当着我们两个陌生人的面，弗兰基催着莱尼还钱，岂非怪事？可弗兰基站着不走，一遍又一遍，重复着讨账，莱尼只好把手伸进口袋，拿出一大卷绿色的钞票，从里头抽出一张给了弗兰基。大概是十美元。

"闭嘴吧你，快滚！"

一时间，我还以为莱尼这话也是冲我来的。可我听到多琳说："艾丽不去的话，我也不去。"她说我的假名字说得自自然然，我真佩服。

"艾丽会去的吧？对不对，艾丽？"莱尼对我眨眨眼。

"我当然去。"我说。反正弗兰基已消失在夜幕中，我宁愿跟着多琳，尽量长长见识。

我喜欢观察特殊时刻的人们。交通事故也好，街头械斗也好，实验室罐子里漂浮着的婴儿标本也好，我都会停下脚步，死命看，直到牢记得地老天荒。

就这样，我学到了许多东西。要是没有这个习惯，很多事可能与我失之交臂。哪怕眼前的景象使我吃惊，弄得我难受，我也从来不动声色，死命硬挺，假装自己一贯见多识广。

第二章

拿什么跟我换，我都绝不愿错过莱尼的家。

他家虽安在纽约的公寓楼里，内里却彻头彻尾像农场。他说他敲掉了好几面分隔墙，好扩大空间，然后又要人给墙壁钉上松木板，再专门定做了一个马蹄形的松木吧台。我觉得地板铺的也是松木。

脚下踩的是大块的白熊皮，除开好些铺着印度毯子的矮榻之外没有其他家具。高悬在墙上的不是画，而是鹿角、水牛角和一只兔头标本。莱尼伸出拇指，拨弄了一下兔子柔软的灰嘴和僵硬的长耳朵。

"这是我在拉斯维加斯开车时轧死的。"

他走到房间的另一头，马靴的脚步声回荡，犹如手枪鸣射。

"这是声学设计的效果。"他说，身影越来越小，最后消失在远处的一扇门后。

音乐突如其来，响彻空中每个角落。随后忽停，我们听到莱尼的声音："我是各位十二点的主播莱尼·谢泼德，为你们带来排名最前的流行歌曲。本周第十位正是炙手可热的金发小妹——请听她独一无二的《太阳花》！"

我生在堪萨斯，长在堪萨斯；

哪天结婚时，我出嫁也在堪萨斯……

"这人真有意思！"多琳说，"你说呢？"

"当然。"我说。

"艾丽，听着，帮我个忙。"多琳似乎真以为我现在就叫艾丽了。

"没问题。"我说。

"别走好不好？他要动什么歪脑筋的话，我一点办法也没有。你留意到他那浑身肌肉了吗？"多琳咯咯地笑。

莱尼从后头的房间里走出来。"那里头有价值两万美元的录音设备呢。"他溜达到吧台边，摆出三个玻璃杯、一只银色冰桶和一把敞口壶，调起鸡尾酒来。

娶个真正的蓝血姑娘，她许诺会等我——
她是太阳花州的太阳花。

"不赖吧？"莱尼走过来，手里托着三个杯子。杯子上凝结了大大的水滴，出汗似的。莱尼把杯子分给我们，冰块碰撞，发出清脆声响。音乐戛然而止，我们又听到莱尼的声音宣布下一首歌。

"听自己说话的感觉真是爽得无与伦比。嘿，我说，"莱尼的目光落在我身上，"弗兰基溜了，该找个人陪你。我打电话叫个朋友过来。"

"没事的。"我说，"你不用叫人来。"我可不愿坦言要他找个比弗兰基大上几号的人来。

莱尼似乎松了口气："你不在乎就好。我可不愿冒犯多琳的朋友。"他满脸堆笑，对多琳说："你说呢，宝贝儿？"

他朝多琳伸出手，两人二话不说，跳起了吉特巴舞，手中还握着杯子。

我架着二郎腿，坐在矮榻上，努力保持专注却无动于衷的表情。有一回，在观看阿尔及利亚肚皮舞演出时，见过一个生意人，他正是这副神气。然而，我刚把背靠到挂着兔子头的墙上，矮榻便向客厅中心的方向滑去，于是我干脆坐到熊皮上，靠着矮榻。

这杯酒喝起来水嗒嗒的，一点劲道也没有，越喝越像陈年水。玻璃杯的中段绘有一条粉线，点缀些黄色圆点。我喝了一大口，杯中酒降到粉线下头约两公分处。等会儿再喝的时候，酒却又回升到粉线的位置。

莱尼的声音猛然响起："为呀为呀为什么，我离开了怀俄明？"

音乐间隙中，那两人仍不停地旋转舞蹈。置身于成堆的红白毯子和整片的松木木板之中，我仿佛逐渐萎缩，变成了一个小黑点，化为地上的一个洞。

两人越来越痴迷彼此，目睹此情此景，旁观者总不免心灰意冷，尤其你又是唯一在场的见证人。

这就好比坐在快速驰离的列车守车里回望巴黎——每一秒钟，城市都在变小。但在你心里，却是自己在以每小时一百万英里的速度，被辉煌的灯火和迷人的新奇甩开，变得越来越小，越来越孤寂。

莱尼和多琳不时搂作一团，接吻，转个圈，喝上一大口，然后再搂作一团。我暗暗盘算，要不干脆自己在熊皮上倒头睡一觉，等多琳想回酒店时再说。

莱尼大吼一声。我唰地坐起来。多琳的牙齿还咬在莱尼的左耳垂上。

"快松开，你这疯婆娘！"

莱尼一弯腰，多琳噌地腾空而起，被他背到肩上。玻璃杯从她手上飞了出去，撞到松木板，清脆的破裂声好不滑稽。莱尼仍在咆哮，疯狂旋转，转得那么快，我连多琳的脸都看不清了。

与平日注意他人眼珠颜色一样，我忽然注意到，多琳的双乳从裙子里挣脱出来，微微晃动，犹如两只饱满的棕色蜜瓜，而她的肚子贴在莱尼的肩膀上，被莱尼扛着转圈圈，两腿在空中乱踢乱打，她在尖叫。随后二人笑成一团，慢了下来，莱尼正欲透过多琳的裙子去咬她的屁股，而我不等看下文，便跌跌撞撞，冲出莱尼的家门。两手紧扶栏杆，半拖半走才下了楼梯。

摇摇晃晃走到街头，我才悟出莱尼家里开了空调。街头，积攒了整整一个白昼的热浪，滚烫沉闷，扑面而来，宛如给我的最后一记沉重侮辱。我完全不知自己身在何方。

我沉吟片刻，要不要坐出租车，去杂志社安排的酒会转转？最后决定作罢。舞会可能已经收场，我可不愿置身空荡荡的大厅，枉对满地五彩纸屑、烟头、和团团纸巾。

用一根指头顶着左侧房子的外墙，保持平衡，我小心翼翼走到下一个街角。抬头看清街道标识，从手袋里拿出纽约地图。我离酒店正好四十三又五条街之遥。

走路向来难不倒我。朝着正确的方向，默默数着走过的街口，迈入酒店大堂时，酒意彻底清醒，只是双脚有些微肿——自作自受，谁叫我不穿长袜。

守夜人在亮着灯的亭子间里打瞌睡，挂钥匙环和静默的电话机围绕着他。除此而外，大堂内空无一人。

我溜进无人照看的电梯，按下我住的楼层。电梯门从左右两侧咬合闭紧，犹如悄无声息的手风琴。随后我耳朵里响起怪声，一位身躯肥大，眼周污黑的华人妇女目光空茫，正盯着我的脸。当然，电梯里其实只有我自己。

我惊恐地发现，自己看起来满面皱纹，落魄颓丧。

走廊里人影全无。我开门进了房间。房里烟雾腾腾。起初我还以为这烟从天而降，预示着对我的某种审判。细想起来，原是多琳走前抽过烟，便摁下按钮，打开窗户上的排风口。

人家把窗户都焊死了，你就没法子敞开窗，把身子探出去。不知为何，这让我怒火中烧。

站在窗户左侧，我把脸靠在木窗框上。眺望市中心，联合国大楼颤颤巍巍，矗立夜幕当中，泛着奇异的绿光，宛如火星上的蜂巢。我还能看到，红红白白的灯在沿着车道移动，不知名的桥上也亮着灯光。

这般沉寂令我沮丧。这不是万籁俱静的沉寂。这沉寂源于我自己。

我明白，车辆在发出声响，车内的人在发出声响，大楼那座座亮灯的窗户后面，人们在发出声响，河流也在发出声响，然而，我听而不闻。整座纽约市平坦铺开，好似一张招贴画，悬挂在我窗外，灿烂而闪烁。可它在与不在，对我，又有何意义？

床边，白瓷般的电话机可以把我和外界相联系，然而它只端坐原地，哑口无言，与死亡的头颅别无二致。我努力回忆，曾把电话号码告诉过哪些人，好列出可能接到的电话。想来想去，只记得曾把号码给过巴迪·威拉德的妈妈，而她要把我的号码转告给一位在联合国做同声传译的熟人。

我不由轻轻干笑一声。

威拉德太太给我介绍的译员会是啥模样，随便想也想得出。她一直巴不得我嫁给巴迪，而巴迪此刻正在纽约上州的某地治疗肺结核。那年夏天，巴迪他妈甚至还给我安排了工作，想让我到那家结核病疗养院里去当服务员，那样，巴迪就不至于孤孤单单。她和巴迪都不明白，我为何决定来到纽约市。

书桌上的镜子显得扭曲，闪着异样的银光。镜中的面容仿佛从牙医的一柱水银中倒映而出。我本想爬上床，把自己埋到被子里，看能不能睡得着。可这就好比把一张脏兮兮、字迹潦草凌乱的信笺，塞进一只崭新干净的信封，太不迷人。我得泡个热水澡。

泡澡并非包治百病。不过，我的毛病大多泡个澡就能见好。悲伤得想去死也罢，紧张得无法入眠也罢，爱上了某个整整一星期都无法见面的人也罢，我沮丧一阵后，总会说："我得泡个热水澡。"

泡澡时，我沉思冥想。水必须烫，烫到几乎无法下脚。我步入水中，一寸一寸放低身体，直到热水漫至脖颈。

我在许多浴缸里舒展过身体，清楚地记得每个浴缸顶上的天花板。记得天花板的不同质地与颜色，也记得上头的裂缝、返潮斑点和顶灯。还记得那些浴缸——古董浴缸的支脚做成鹰爪状，摩登浴缸的形状好似棺材，还有豪华的粉色大理石浴缸，可以俯瞰室内的睡莲池。我也记得不同形状、不同大小的水龙头，五花八门的肥皂架。

把自己泡在热水里的时候，才觉得最是自由自在。

我躺在浴缸里，在这间仅接待女客的酒店的十七楼，高高悬在纽约的拥挤嘈杂之上。泡了将近一个钟头，终于感觉自己重新纯净。我从不相信洗礼，也不相信约旦河水显神迹之类的神话。不过，我想，我对热水沐浴的感情，大概类似于那些虔诚信教的人笃信圣水。

我对自己说："多琳融化了，莱尼·谢泼德融化了，弗兰基融化了，纽约融化了，一切都在融化流逝，统统无关紧要。我不认识他们，和他们从未打过交道，我很纯净。吞下的那些酒，目睹的那些猥亵的吻，回家路上皮肤沾染的污秽，这一刻，统统洗得干干净净。"

在这清澈的热水中躺得越久，我就越发感觉纯净。最终站起身，把自己裹进柔软宽大的酒店浴巾的那一刻，我觉得自己纯净甜美，宛如一个新生宝宝。

迷迷糊糊听到敲门声，我不知自己睡了多久。起初，我不以为意，因为那敲门的人一直在嚷："艾丽，艾丽，艾丽，让我进去。"我可不认识什么艾丽。之后，那阵沉闷单调的锤击，被另一种清脆急促的敲击给盖住，门外的声音也变得更高更尖："格林伍德小姐，你的朋友找你。"我才知道原来是多琳。

　　我翻身爬起来，在漆黑的房间正中，头晕目眩，站了一会儿，才稳住身子。多琳把我吵起床，我很恼火。我唯有靠沉沉睡上一觉，才能把这凄惨一夜统统忘掉。可是多琳一来，真会闹得我睡不成。我思忖着，假装睡着的话，也许敲门声会停止，放我一马。可等啊，等啊，那声音偏偏不停。

　　"艾丽，艾丽，艾丽。"第一个声音喃喃道。而第二个声音则继续厉声苛责："格林伍德小姐，格林伍德小姐，格林伍德小姐！"仿佛我有双重人格似的。

　　我打开门，眯着眼睛，朝明亮的走廊探出头去。这个时分似乎既非黑夜，也非白昼，而是倏地蹿到两者之间，把它们分隔开来。这个间隔时分亮得炫目，似乎永不到头。

　　多琳歪歪地靠在门框旁，我刚出来她就一头栽进我怀里。她的头悬在胸前，我看不到她的脸。她干硬的金色发梢从深色发根处垂下，犹如草裙的裙边。

　　我认出了那位个子矮墩墩，嘴上汗毛重得像胡子的女人，她是值夜班的女仆，在我们楼层拥挤的格子间里，负责熨烫我们白天穿的连衣裙和晚宴礼服。真不明白她怎么会认识多琳，为什么要帮着多琳把我叫醒，而不是悄悄打发多琳回自己的房间。

　　多琳被我扶着，不再出声，只偶尔打几个湿漉漉的嗝。女人见状，抬脚朝她放着老旧的辛格尔缝纫机、白色熨衣板的房间走去。她神情那么严厉，勤奋而正经，像是个老派的欧洲移民，让我想起了自己来自奥地利的外婆——我真想追上去，告诉她，我跟多琳半点儿关系都没有。

"让我躺下，让我躺下。"多琳嘟嘟囔囔，"让我躺下，让我躺下。"

我觉得，假如扶着多琳，让她跨进了我的门，再让她睡到我的床上，就永远休想摆脱她。

她的身子温暖柔软，宛如一堆枕头压在我臂膀上。穿着细尖高跟鞋的双脚，绵软无力地拖在地上。她太沉了，我没法把她拖过整条走廊。

思前想后，我认定，把多琳甩到地毯上，关上我的门，再上好锁，上床接着睡觉，方为上策。等多琳苏醒过来，不会记得发生过什么，只以为在我们门前晕倒了。她会自个儿爬起来，理智地回房间去。

我刚要轻轻地把多琳卸到走廊绿色的地毯上，她便发出低沉的呻吟，身子一耸，从我的双臂中滑了出去。一股棕色液体从她的嘴里喷射出来，落到我脚边一大摊。

这一来，多琳的身子更重了。她的头向那摊呕吐物歪过去，丝丝缕缕的金发粘在里头，好似沼泽地里盘曲的树根。我发觉她睡着了，便向后退去。睡意袭来。

那天夜里，关于多琳，我痛下决心。我会一直观察她的行为，倾听她的话语，但内心再不会与她有任何瓜葛。心底里，我只会真诚对待贝特西，还有她那些单纯的朋友。心底里，我其实与贝特西相似。

悄悄地，我退回房间，合上门。迟疑片刻，没上锁，还是于心不忍。

翌日清晨，我从压抑的热浪中苏醒。没有太阳。我穿上衣服，用冷水拍了拍脸，慢慢地打开门。如今想来，我当时大概以为，会看到多琳依然卧在那摊呕吐物中，实实在在，以丑陋的方式，见证我卑劣的本性。

但，走廊里空空荡荡。绿色地毯从这头伸到那头，干干净净，像一条永远繁茂的草地。唯有我门前趴着一块形状不规则、模糊的深色污斑，似乎有人不小心泼洒了一杯水，又小心把它拭干了。

第三章

《淑女时光》的宴会桌上，整齐地排列着对半剖开、填满了蟹肉和蛋黄酱的黄绿色牛油果，一盘又一盘的半熟烤牛肉和冷切鸡肉，其间穿插着一只只雕花玻璃碗，碗中黑色的鱼子酱，高高堆起。那天早晨，我没来得及在酒店吃早餐，只喝了一杯煮过头了的黑咖啡，苦得我直耸鼻子。我饿坏了。

来纽约之前，我从没在正经的餐厅里用过餐。豪生连锁餐厅不算数，我只在那里吃过炸薯条、奶酪汉堡、喝过香草奶昔，还是和巴迪·威拉德那种人去的。不知为何，我对食物的热爱超乎一切。无论怎么吃，我也吃不胖。十年来我的体重从没变过，只有一次例外。

我尤其喜欢放大量黄油、奶酪和酸奶油的菜肴。在纽约的时候，我们常被邀去和杂志的编辑们还有来访的各路名人共进午餐，从不用自己掏钱。在那些高级餐厅里，一小份豌豆配菜都要五六十美分，而我那时养成了习惯，目光逐项扫过巨大的手写菜单，挑出其中滋味最醇厚、价格最昂贵的菜品，点上一大串。

外出就餐总是杂志社报销费用，所以我心安理得。我特意吃得飞快，不让别人等我。她们一般都想减肥，只点个主厨沙拉和一杯西柚果汁。我在纽约认识的几乎每个人都在努力减肥。

"本杂志团队结识你们这些最美丽，又最聪明的姑娘，真是三生有幸。请允许我欢迎各位。"圆滚滚的秃头主持人呼哧呼哧喘着气，朝衣领上的麦克风里说，"我们《淑女时光》食品检测部特意准备了这次宴会，对诸位的光临聊表谢意。"

席间响起零落的掌声，诸位轻拍双手，都十分淑女。我们端坐在铺着亚麻桌布的巨大桌子两旁。

我们杂志来了十一个姑娘，指导编辑也基本全在。《淑女时光》食品检测部的所有员工悉数到场，都穿着洁净的白色厨师服，头上规规矩矩地罩着发网，妆容一丝不苟，清一色的淡粉底妆。

多琳没来。他们不知出于什么道理，把她的位子安到我旁边。那把椅子空了下来。座位上的贵宾卡是一方小镜子，顶部用花体描出多琳的名字，四周绘着雏菊花，花环中央银色的镜面上本该衬出多琳的脸庞。我把这别致的贵宾卡收了起来，好带回去给她。

多琳那天去找莱尼·谢泼德了。如今，她大半闲暇都和莱尼·谢泼德厮混。

《淑女时光》是一份大型女性杂志，总用绚丽的双页大版面展示菜肴的彩图，每月都有不同的主题和地点。用餐前的一小时里，有人领着我们参观那一间间摩登闪亮的厨房，让我们看看，打着明亮的大灯，拍摄时下大热的苹果派有多么不容易——冰淇淋不断融化，非得从后头用牙签撑起，一旦软塌了，就得再换一次冰淇淋。

目睹厨房里堆积如山的食物，我头晕目眩。我在家并不是吃不饱，可外婆做饭，向来只用廉价排骨和廉价肉馅面包，每次刚叉了食物送向嘴边，她就会说："但愿你吃得开心，这东西一磅要花四十一美分哪。"听了这话，我便觉得这哪是周日大餐，吃的分明都是钱。

我们站在各自的座位后头，听主持人致欢迎辞。趁这当口，我低下头，偷偷打量鱼子酱的位置——正好有一碗放在我和多琳的空位之间。

我悄悄盘算，杏仁蛋白糖做成的水果高高堆起，放在桌子中央做装饰，所以我对面的姑娘肯定够不着这鱼子酱。坐我右手的是贝特西，要是我用手肘挡住小碗，中间又隔了我的面包碟，贝特西肯定不好意思要求与我分享。

何况，贝特西右边的姑娘那儿还有一碗鱼子酱呢，她吃那个不就行了。

外公和我总开一个老玩笑。离我家乡小城不远的地方开着一家乡村俱乐部，外公是那里的餐厅领班。每逢星期天，外婆就开车接他回家，因为他周一休息。我弟弟和我轮流陪外婆去。周日晚餐时，外公总会一本正经，服侍外婆和我或者弟弟用餐，把我们当作球会的常客招待。他特别喜欢让我品尝各种美味的小食。九岁的我便已狂热地爱上了奶油土豆冷汤、鱼子酱和凤尾鱼酱。

那个玩笑是这样，到我的婚礼那天，外公保证让我吃鱼子酱吃到撑。这是个玩笑，因为我永远不打算结婚。就算哪天真的结婚，外公也买不起那么多鱼子酱，除非他把俱乐部的厨房洗劫一空，塞满一个行李箱带回家。

高脚玻璃水杯、银质餐具和精致骨瓷彼此碰撞，铿锵作响。在觥筹交错的掩护下，我先在盘子上铺了一层冷切鸡胸，又在鸡胸上厚厚地铺上一层鱼子酱，像在面包上涂花生酱一样。我卷起鸡胸，这样鱼子酱便不会滑落，用手指把它们一片片捻起来吃掉。

面对排列成行的餐具，我不知究竟该按什么次序取用，为此一度伤透了脑筋。后来才发觉，用餐时哪怕举止欠妥，只要摆出一副高傲派头，显出自己对礼仪其实一清二楚，就能混过场，没人会觉得你粗鲁少教养。反以为你独树一帜，幽默机智。

是在杰伊·茜带我和一位著名诗人共进午餐那天，我领悟的这个小窍门。我们去的餐厅奢华无比，四下里装饰着喷泉，头顶悬着巨大的水晶吊灯，男宾们一律身穿深色西装，配洁白无瑕的衬衣。但那位名诗人，却穿一件丑陋松垮的棕色呢外套，污渍斑斑，配一条灰色的便装裤、红蓝格子的开领棉衬衫。

诗人边用手吃沙拉，边与我讨论自然与艺术之间的对立。他苍白粗短的手指在沙拉碗和嘴巴之间来回移动，夹着一片又一片的菜叶，还滴滴答答，流淌着调味汁，我无法把目光从他的手上挪开。餐厅里没人暗笑，也没人窃窃私语，评头论足。那诗人的模样，仿佛这么吃沙拉原本天经地义。

我们杂志的编辑们和《淑女时光》的工作人员离我都远，贝特西又善解人意，似乎对鱼子酱压根儿不感兴趣，我越来越自信满满。吃完了第一盘鸡胸肉夹鱼子酱，我又给自己摆上第二盘。随后，便开始进攻牛油果蟹肉沙拉。

鳄梨是我的心头好。过去每到周日，外公会往手提箱底藏一个鳄梨带给我，上面塞上六件穿脏了的衬衫和周日漫画特刊。外公教我用平底锅把葡萄果酱和法式沙拉酱融在一起，往鳄梨中心的凹陷里填上那深红的啫喱。回忆起美味的酱汁,我突生思乡之情。相比之下,眼前的蟹肉多么寡淡无味。

"皮草秀好看吗?"我问贝特西。眼下我已不担心她会跟我争抢鱼子酱。手持汤勺,我从钵子里刮下最后几颗咸津津的黑色鱼卵,把勺子舔得干干净净。

"太好看了。"贝特西含笑说,"他们展示给我们看,如何把水貂尾巴和金链子搭在一起,做成各种场合都好戴的围脖。你在伍尔沃斯的店里,花一美元九十八美分就能买一条一模一样的金链子。希尔达立马跑去皮草批发仓库,拿到了大折扣,买了好几条水貂尾巴,顺路又去伍尔沃斯。上了大巴,就动手把貂尾和链子缝到一起。"

我偷看一眼希尔达,她坐在贝特西的另一侧。不消说,她脖子上围了一条用好几条貂尾结成的披肩,一侧用晃晃荡荡的镀金链子固定,看上去雍容华贵。

我一直看不透希尔达。她的个子足有 1.8 米,斜眼睛,绿眼珠,红彤彤的厚嘴唇,神情空茫,一张东欧人面孔。她可是做帽子的高手。杂志把她分到时尚编辑的手下,这一来,她和我们这些更文艺的姑娘之间便隔了一层。我呀,多琳呀,贝特西呀,都是写专栏的,虽说有些专栏仅以健康和美容为题。我不知希尔达到底识不识字,但她做的帽子真令人叫绝。她在纽约一家教授制帽工艺的学校上过学,每天上班戴的帽子从不重样,就用一点稻草啦,皮毛啦,缎带啦,颜色低调优雅的面纱啦,自己亲手制作。

"太棒了,"我说,"太棒了。"我想多琳了。她要在场,定会轻声尖刻却不失低俗,挖苦希尔达的神奇皮草,让我高兴起来。

我情绪低落。就在那天上午，我被杰伊·茜亲自揭开了面具。此刻，我感觉对自己的所有讨厌怀疑均已成真，我再也不能自欺欺人。在十九年的优秀成绩、各种获奖之后，我在松懈，在减速，行将彻底退出这场比赛。

"你怎么没跟我们一块儿去看皮草秀？"贝特西问。我模糊觉得她重复了一遍这个问题，似乎一分钟前刚刚问过，只是我肯定心不在焉。"你跟多琳出去了？"

"没有，"我说，"我本想去看皮草秀的，但杰伊·茜打电话要我去办公室。"我本并不大想看什么皮草秀，可现在却竭力哄自己说有过这打算。如此一来，想到杰伊·茜对我的那番数落，就更好自怨自艾。

我告诉贝特西，一早躺在床上就打算去看皮草秀的。但没告诉她，其实之前多琳来过我房间，对我说："去那狗屁的秀干吗？莱尼和我要去科尼岛游乐场，你还不如一块儿去，莱尼可以帮你叫上个帅哥。今天又有午餐会，下午还有电影首映式，排得满满当当，没人会留意咱俩开溜了。"

我一时动心。皮草秀肯定蠢，我对那东西从没兴趣。但是，最后我却决定赖在床上，想赖多久就赖多久。然后，再去中央公园那片光秃秃、点缀着鸭子戏水池上的荒野之中，找一片最深的草地，躺上一整天。

我对多琳说，我不要看皮草秀，不去午餐会和电影首映式，对科尼岛也没兴致，只想待在床上。多琳走后，我就琢磨，为何自己不能按部就班，去做该做的事，打发一天呢？这念头令人难过又疲倦。后来，我又琢磨，为何自己不能像多琳那样混上一天，任性大胆，做些不该做的事呢？——可这念头令人更难过，更疲倦。

不知几点钟了，只听得走廊里姑娘们走来走去，大呼小叫，为看皮草秀穿衣打扮。走廊渐渐沉寂下来，而我仰面朝天，赖在床上，死盯一片毫无装饰的白色天花板。那沉寂似乎不断增长，越来越大，直到耳膜都要被它胀破。突然，电话响了。

我瞪着电话机足有一分钟。听筒在那个骨头般惨白的摇篮里微微晃动，我这才确信电话机真的在响。我想大概自己在某个舞会或聚会上把号码给过谁，然后又忘到脑后了。我拿起听筒，声音沙哑，然而充满期待。

"喂？"

"我是杰伊·茜。"杰伊·茜语速飞快，不由分说，"你今天有没计划要来办公室一趟？"

我钻进被单。真不明白，为何杰伊·茜会以为我今天要去办公室。我们都有打印规整的日程卡，方便理清各种活动的头绪，很多上午、下午都得离开办公室，去参加城里的各种活动。当然咯，有些活动不是非去不可。

沉默好一刻，我才怯怯地说："我本来计划要去看皮草秀的。"当然，我根本没这计划，可一时不知还能如何敷衍。

"我对杰伊·茜说，我计划要去看秀的。"我向贝特西描述当时的经过，"可她要我去办公室一趟，说要跟我谈谈，还说有些工作要做。"

"噢，噢！"贝特西同情地应道。她肯定发现我的眼泪正噼噼啪啪，落入那道蛋白酥配白兰地冰淇淋甜点，她没动自己那一份，推给了我。我心不在焉，吃完自己那一份，又开始吃她的。哭成这样，我有些难为情，可我真伤心啊！

杰伊·茜着实给我一顿好训。

十点左右，我蔫头耷脑走进了办公室。杰伊·茜站起来，绕过桌子，关上了门。我到自己搁着打字机的写字台前坐进转椅，面对着她。而她坐回她写字台旁的转椅，面对着我。她身后的窗台上摆满各式盆栽，错落有致好几层，热带花园一般，在她身后蓬勃茂盛。

"你对自己的工作不感兴趣吗，埃丝特？"

"噢，感兴趣，感兴趣。"我说，"这工作我很感兴趣。"我真想大声喊出这些话，仿佛这样就能更让人信服，但我抑制住了自己。

有生以来，我一遍遍告诫自己，学习、阅读、写作、拼命工作，正是我的心愿，表面似乎的确如此。每件事我都完成出色，拿到了全优，上大学之后更是锐不可当。

我为镇上的报纸担任大学通讯员，还是文学杂志的编辑，同时在荣誉委员会里做秘书。荣誉委员会管理学生们在学术上和生活里犯的过错，给予相应处罚；秘书一职甚是抢手。一位在我们系里当教授的知名女诗人，极力主张推荐我去东部的顶尖大学继续读研，还许诺一路给我全额奖学金。眼下，一家有内涵、有品位的时尚杂志把我分配到最高明的编辑那里学习。而我呢，只知退避推让，犹豫不前，就像一头蠢笨的拉车马。

"我对一切都很有兴趣。"这些字词平淡而空洞地落在杰伊·茜的写字台上，犹如一个又一个木头做的钱币。

"这样就好。"杰伊·茜几分愠怒，"你知道吗，只要你肯下功夫，这个月在杂志社里能学到很多东西。你之前来的那个女孩，才不理睬什么时装秀。人家在这间办公室结束实习后，就直接进了《时代周刊》。"

"天呀！"我依旧蔫头耷脑，"那可够快的！"

"当然，你还得在大学里再念一年书，"杰伊·茜的语气稍稍温和了些，"毕业之后，你有什么打算？"

我一直以为，自己打算去争取某个高额奖学金，好继续读研；或是申请资助，在欧洲各地游学。然后，我认为自己会当上教授，同时写出一册又一册诗集；或者写出一册又一册诗集后，成为编辑。通常，这些计划我张口就来。

"我真的不知道。"我听到自己这样说。听到自己这么说，我吓了一跳——因为话一出口，我便知道这是句真心话。

我觉察到这是自己的真心话。这么说吧，就好比你家门口这么些年来，一直有个面目模糊的男人在徘徊，他突然走到你面前，声称是你的亲生父亲；他长得和你一模一样，于是，你顿悟他真是你父亲，而一直以来你视为父亲的那人，竟是个冒牌货。

"我真的不知道。"

"你这样下去，会一辈子一事无成。"杰伊·茜停了一下，"你能说几种语言？"

"噢，法语能读一点，还一直想学德语。"

这五年来，我老是跟人说自己想学德语。

我母亲小时候，在美国也说德语。第一次世界大战时，学校里的孩子为此大肆欺负她。我父亲在我九岁时就去世了，他也说德语，他的故乡是普鲁士王国黑色核心区域里某个又癫狂又压抑的小村庄。

我最小的弟弟当时正在柏林，体验国际化生活。他说起德语来，跟母语一样晓畅流利。

我从不跟人说，每次拿起德语字典或德文书，看到上头那密集、黢黑、扭曲得如同绞丝网般的单词，心智便立刻像蚌壳一样死死扣紧。

"我一直想进出版这行。"我试图抓住些头绪，恢复以往的明快机敏，把自己推销出去，"我想，我会去哪家出版社找份工作。"

"你要学会阅读法文和德文。"杰伊·茜毫不留情，"多半还得再学几门语言，比如西班牙文、意大利文，俄文更好。每年六月份，成百上千的年轻姑娘蜂拥到纽约来，都以为自己能做编辑。你呢，非得超过平庸之辈才行。最好多掌握几门外语。"

我没胆告诉杰伊·茜，大四全年的时间已排得满满当当，根本没空学语言。我选了教人独立思考的课程，不计学分。还有一门讲托尔斯泰和陀思妥耶夫斯基的课、一门针对诗歌创作的高级讨论课。剩下的时间，我都要拿来写毕业论文，以詹姆斯·乔伊斯作品中某个不为人知的线索为题。因为还没来得及读《芬尼根守灵夜》，题目还没选定；不过我的教授导师对我的论文兴趣浓厚，还许诺要给我一些关于孪生子意象的启发。

"我看能不能想想办法。"我对杰伊·茜说，"大概能腾出些时间，加一门他们鼓捣出来的基础德语速成平行课。"当时我想真可以试一把，总有办法说服年级主管允许我偶尔不守常规，因为她把我的学业当作一项有趣的试验。

学校有门物理课和化学课是必修，不得不学。之前我修过植物学，成绩优异。整整一年里，考试没错过一道题。有那么一阵子，简直立志想做植物学家，一头扎进非洲的大草原或南美的雨林里冒险探索。相比申请去意大利攻读艺术或去英国攻读英语，跑到边远地区，钻研冷僻学科，更容易获得大笔资助，反正没谁和你争抢。

再说，植物学多好玩呀！切开叶片，把它们放到显微镜下，在纸上描绘出面包霉菌的形状，或是羊齿草生殖器官里头那长相奇特的心形叶片，这一切我都兴致盎然，因为实实在在。

然而，迈进物理课堂的那天，我死的心都有了。

曼茨先生——一位身材短小，深色皮肤的男人，穿一身紧绷绷的蓝色西装，站在教室前头。他调门很高，说话却咬字不清，手握一个小小的木球。他把木球放到斜面上的槽里，让球一滚到底。然后就开始说什么 a 是加速度，t 是时间，一眨眼工夫，黑板上便写满各种字母、数字和等号，而我的脑海一片死寂。

我把物理课的教材搬回宿舍。老厚的一大本，足足四百页，砖红色硬书壳之间，透亮的油印纸上没有图画，没有照片，只有表格和方程式。教材是曼茨先生编的，专为大学女生讲解物理。要是我们都能学懂，他便打算把教材送去出版。

于是，我死命啃那些方程式，规规矩矩听课，目睹一个个小木球从斜面上往下翻跟斗，期待下课铃声响起。学期结束时，其他女同学大多没考及格，我却拿到了优等成绩。几个女孩向曼茨先生抱怨课程太难，我听到他回答："怎么会太难呢？有个姑娘拿到了 A 哪。""是谁？快告诉我们！"同学们打听。可曼茨先生摇摇头，避而不答，只抛给我一个会心微笑，仿佛与我共谋了一个秘密。

我忽然起意下学期该如何逃掉化学课。物理考试的确拿到了优，可我已陷入恐慌。这门学问让人难受不已，我受不了物理课把一切都压缩成字母和数字。看不到形状各异的树叶，看不到叶片上植物出气的气孔在显微镜下的排列，黑板上也不再是"胡萝卜素""叶黄素"这些奇妙的字眼。物理课只有曼茨先生用专属红粉笔画出的一串串方程式，扭曲难看，字母就像蝎子一般蜇人。

我早就知道化学课会更难熬。在化学实验室看到过墙上挂着的那幅元素表，列出九十几种元素——"黄金""白银""深蓝钴""铝"，这些美妙的词语都被缩略成难看的简写，后头跟着不同的数字。假若还得逼着大脑继续接受这些东西，我一定会疯掉，一定会挂科。咬紧牙关，我才硬挺过上半学年。

忽然，灵机一动，我去找年级主管。

我是这么解释的：我需要时间，修一门莎士比亚课。说到底，我本是英文专业的嘛。年级主管和我都很清楚，化学课我肯定又能拿优，那干吗还参加考试呢？还不如我照常上课，认真听讲、默记于心，把分数呀、学分呀之类，统统抛诸脑后？这是一项君子协定，内容本来就重于形式，既然我知道自己从来得优，那还盯着考试成绩之类岂不犯傻？恰逢学校不久前刚刚做出决定，大二学生从下一届开始便不再必修理科课程，这让我的计划更具有说服力。只可惜我们这届还得遭受老规定的折磨。

曼茨先生百分之百赞同我的计划。他大概美滋滋地以为，我真心喜欢上他的课，所以才毫不在乎学分、优等成绩，多俗气。我选这门课，纯粹因为热爱化学之美。而我呢，尽管已经换修莎士比亚了，可还主动提出继续听化学课，这一招甚为高明。这少见的高姿态，显得我无论如何都不愿放弃化学似的。

当然，要不是一开始在物理课上拿到了优等成绩，我这诡计肯定无法得逞。我其实既担心又消沉，认真考虑过要采取极端手段，比如找医生开个证明，说我精神状况不佳啦、无法学习化学啦、化学方程式可能导致眩晕啦——这心思若被年级主管知晓，她连一分钟都不会听我解释，只会直接逼我继续修化学课。

就这样，教授委员会通过了我的要求，年级主管后来告诉我，好几名教授还大为感动。他们认为，这是学生学术心智迈向成熟的重要一步。

想起那一年后来的事，我就忍不住笑。每周要听五次化学课，我一次不落。曼茨先生站在宽敞而破旧的环形阶梯教室的底部，把试管里的东西倒来倒去，蓝色的火焰、红色的闪光、黄色的烟雾，横空出世，而我对他的讲课充耳不闻，只当远处有只蚊子在哼哼。靠着椅背，观赏着明亮的闪光和斑斓的火焰，我写下一页又一页维拉内拉诗[①]和十四行诗。

曼茨先生不时瞅我两眼，看到我在奋笔疾书，总会报以赞许的微笑。他大概以为我正逐个记下化学方程式，并非跟其他女孩一样为应付考试，而是他的授课精彩绝伦，使得我忘情投入。

---

① 维拉内拉诗发源于民歌，是一种十九行诗。

第四章

我弄不清楚为何成功逃掉化学课的这一幕，会在杰伊·茜的办公室浮上我的脑海。

她教训我时，我脑海里便浮现出曼茨先生的身影，他悬浮在空气中，仿佛是从魔术帽中变出来的，拿着小小的木球和试管。试管里喷出一大团黄色烟雾，和那次复活节放假之前一样。那烟雾散发出臭鸡蛋的味道，大家和曼茨先生一起开怀大笑。

我觉得对不起曼茨先生。我真想在他面前俯首跪下，为自己可鄙的谎言道歉。

杰伊·茜递给我一堆小说手稿，说话的语气和善多了。我花了整个上午把它们读完，在办公室之间交换信息的粉红色备忘稿纸上打出我的阅后感，再把手稿和备忘录放到贝特西的主管编辑的办公室去，好让贝特西第二天再读一遍。杰伊·茜偶尔插一两句，给我一些实际指导或说点闲话。

那天中午，杰伊·茜要和两位知名作家，一男一女，共进午餐。

男作家刚卖了六篇短篇小说给《纽约客》杂志，还卖了六篇给杰伊·茜。我听后大吃一惊，以前从不知道杂志会一批买下六篇小说，这能拿到多大一笔钱哪！杰伊·茜说，中午吃饭时她得格外当心，那位女作家也写小说，可还从没在《纽约客》上发表过作品，杰伊·茜近五年来也只买过她一篇小说。杰伊·茜得卖力恭维那位名气更大的男作家，还不能伤了女作家的芳心。

杰伊·茜墙上的法国挂钟里弹出几位小天使，天使们上下拍动翅膀，将镀金的小号移到唇边，接连吹出十二个音。杰伊·茜允许我今天下班了，要我去参加《淑女时光》的参观活动和午宴，还有电影首映式，还说明天一大早办公室见。

然后，她在紫丁香色衬衫上罩了一件丝质外套，戴上饰有假紫丁香花的帽子，在鼻子上扑了一点粉，整了整厚镜片的眼镜。她真不好看，可的确机智。离开办公室前，她那紫丁香色的手套在我肩上拍了拍：

"别让这邪恶的城市把你打垮。"

我在转椅上静静地坐了几分钟，思绪还围绕着杰伊·茜。试图想象自己是大名鼎鼎的编辑伊·吉，端坐在摆满塑料盆栽和非洲紫罗兰的办公室里，每天早上让我的秘书给紫罗兰浇水。真巴望能有个像杰伊·茜一样的妈妈，那我就一定明白该何去何从了。

我母亲在人生选择当口帮不上我什么忙。自打父亲去世，母亲就靠教速记和打字来养活我们。内心里，她痛恨这份辛苦，也埋怨早逝的父亲没给我们留下什么钱。父亲从前不相信人寿保险推销员，所以没买保险。母亲总在念叨我，要我读完大学就学速记，好在大学学位之外还掌握一门实实在在的本领。"连基督的使徒们都会造帐篷呢，"她总说，"连使徒们也要讨生活，跟我们一样。"

《淑女时光》安排的服务员把两只舀空了的冰淇淋小碟拿走，将一小钵温水放下，我把手指在水里蘸了蘸，用依然洁净的亚麻餐巾，仔仔细细，擦拭每根手指头。然后叠好餐巾，凑到双唇之间，精准地把嘴唇印到上面。把餐巾放回桌面时，模糊的粉红唇印在正中央绽放，形成小小的心形。

我暗暗感叹自己真是脱胎换骨。

第一次见到洗指钵，是在我的赞助人家里。奖学金办公室那位个头娇小、满脸雀斑的女办事员告诉我，大学里有这样的传统，你要是拿到奖学金，只要赞助人健在，就应该写信去致谢。我得到的是菲洛米娜·吉奈夫人给的奖学金。她是位富有的小说家，二十世纪初也念过这所大学。她的首部小说被改编成默片，由贝蒂·戴维斯主演，还发行了仍在播出的一部广播连续剧。原来她还活着，住在一座豪宅里，离我外公上班的那家乡村俱乐部不远。

于是，我用炭黑色的墨水，给菲洛米娜·吉奈夫人写了一封长信，灰色的信纸上用红色的字体凸印着我们学校的大名。信中，我描写着秋日里骑车蹬上小山，秋叶纷纷，飘然落下的情景；讲述着无须天天搭乘大巴，在城市、学校和家之间疲于奔命，而安然住宿校园，是多么幸福；倾诉着知识的大门如何向我敞开，而我，多么希望有一天能像她一样，写出许许多多皇皇巨著。

我在小城的图书馆里读到一本吉奈夫人的作品——不知为何，我们学校图书馆并没收藏她的书——作品中从头到尾，塞满故弄玄虚的长长疑问句："'伊芙琳是否会发觉，格莱迪丝从前就认识罗杰呢？'海克托坐立不安地想。""'娃娃埃尔茜和罗洛穆普夫人一起，被藏在偏远的乡下农场，唐纳德要是知道了，还怎么会和她结婚呢？'格莱赛尔达对着月光下颜色黯然的枕头自问。"菲洛米娜·吉奈夫人后来告诉我，她念大学时头脑愚钝，可凭着这些书，她挣了好几百万美元。

吉奈女士回了我的信，邀请我去她家共进午餐。在那里，我第一次见识了洗指钵。

钵中水面漂浮着几朵樱花，我便以为肯定是什么日式餐后清汤，将它喝得一干二净，连同脆嫩的樱花瓣也吞了下去。吉奈夫人什么也没说。很久之后，和大学里的一个出身上流社会的女孩聊起那次午餐，我才知道自己当时有多丢人现眼。

《淑女时光》办公室里灯火辉煌，出门之后，发现街道灰暗阴沉，大雨滂沱。并非那种可以将你冲刷一净的雨，而是想象中只有巴西才会下的雨，雨水倾盆而下，雨滴大得就像咖啡碟子，嘶嘶地冲向滚烫的人行道，微微闪光的阴沉水泥地上，团团水汽挣扎升腾。

到中央公园里独自消磨掉整个下午的隐秘愿望，被《淑女时光》玻璃打蛋器般的旋转门搅碎。我发现自己被簇拥着穿过温热的大雨，挤进昏暗嘈杂，犹如洞穴的出租车里，和贝特西、希尔达还有艾米丽·安·奥芬巴赫一起。艾米丽打扮精致，年纪很轻，红头发挽成发髻，在新泽西州的蒂耐克有老公和三个孩子。

影片糟糕透顶。主角是个甜美的金发姑娘，长得很像琼·阿利森①，可实在不是她。还有个性感的黑发姑娘，长得很像伊丽莎白·泰勒，可实在也不是。两个男主角身强体壮，宽肩膀，傻里傻气，叫里克和吉尔之类的名字。

影片讲的是一个发生在橄榄球场的爱情故事，彩色片。

彩色片令人生厌。彩色片中的所有人物，仿佛场景一换，就有义务必须换上另一身夸张戏服，一个个无所事事，傻呆呆站着，活像一只只晒衣架，四周的树绿得晃眼，麦田黄得晃眼，大海蓝得晃眼，无边无际，奔涌不止。

影片的大部分情节都发生在球场的观众席里，两个姑娘打扮入时，都着套装，翻领上印着包菜一般大的橙色菊花。然后镜头就切换到大舞厅内，这两个姑娘搭着男伴，翩翩起舞，衣裙飞扬，跟《飘》那部片子风格类似。跳完舞，她们就溜进化妆室，尖酸刻薄，诅咒对方。

终于，我看出那个温顺些的女孩会和好心的橄榄球英雄走到一起，而那个性感女孩最后会竹篮打水一场空，因为叫吉尔的那男人只想找个情人，不想结婚，他正要打点行李去欧洲，兜里只装着一张单程票。

这时，我开始感到身体不对劲。环顾四周，一排又一排各色小头颅正盯着银幕，聚精会神，他们面前都闪着一模一样的银光，脑后都罩着一模一样的黑影，看上去个个空虚痴呆。

---

① 琼·阿利森（June Allyson, 1917—2006）：美国著名演员、舞者和歌手。

我忍不住直犯恶心。不知是电影太糟糕，令人反胃，还是饕餮太多鱼子酱。

"我要回酒店去。"昏暗中，我小声告诉贝特西。

贝特西的目光死死锁定银幕。"你不舒服？"她嘴唇几乎不动，小声问。

"对。"我说，"好难受。"

"我也是。我跟你一起走。"

我们从座位上起身逃走，一路道着"对不起""对不起""对不起"，人们低声咒骂，挪动雨靴和长伞让我们通过，我放肆乱踩人家的脚，免得一心只想着要吐要吐，呕吐的冲动迅速膨胀，其他一切全都顾不上。

我和贝特西走上大街，温热的雨还在零星地下。

贝特西惊惶万分，花容失色，她的脸在我眼前浮动，满脸发青，冷汗淋漓。回回拿不定主意要不要打车时，街角总会发现出租车，我们闷头钻进一台有黄色格子的出租车里，开到酒店时，我已经吐了一次，贝特西吐了两次。

司机拐弯特别猛，我们坐在后排，先被甩到一侧，又被甩到另一侧。每次一个人觉得要吐，便悄悄俯下身，装作东西掉了要捡；而另一个则故作轻松，哼着小曲，假装朝窗外看去。

尽管这样，司机还是看透了我们的鬼把戏。

"喂！"他一面闯过刚刚变红的交通灯，一面抗议道，"别在我的车里乱来，要吐就赶紧下车到街边吐去！"

可我们不吭声，司机大概猜到我们快到酒店了，也就没再逼我们下车，把我们拉到了酒店大门口。

我俩没敢跟司机讨价还价。往他手里塞了把硬币，又扔了几张舒洁面巾纸，胡乱掩盖车上的一片狼藉，跑过酒店大堂，冲进空荡荡的电梯。够运气，酒店恰逢安静时分。

贝特西在电梯里又吐了一遭，我扶着她的头。我吐的时候，她扶着我的头。

通常，狠狠呕吐之后总会立即舒服很多。我和贝特西拥抱、告别，各自往走廊两头走，回房间躺下休息。一同吐过之后，人总会感觉彼此特别亲近。

可刚把房门关好，脱去衣服躺上床，我就感觉比之前还难受。非去公共盥洗室不可。我咬紧牙关，披上自己那件印了蓝色矢车菊的白浴袍，踉踉跄跄，往盥洗室奔去。

贝特西已在里头。听到她在隔间的门后痛苦呻吟，我只好往另一头的盥洗室赶，拐弯后要走完一整条走廊，那么远，我觉得自己会死在路上。

我坐在马桶上，头靠着洗手盆的边缘，觉得自己不仅吐光了所有的食物，连五脏六腑也吐得一干二净。腹中汹涌，一浪又一浪，淹没了我。每次喷涌过后，我都像一片被淋得透湿的树叶，虚弱无力、浑身发抖。而后，浪潮又再次汹涌。我身处酷刑室，脚下、头顶、四面瓷砖雪白，冷光闪闪，将我封死其中，将我压成碎片。

不知自己到底吐了多久。我一直开着洗手盆的水龙头，让水哗哗哗，大声流淌，好让经过的人以为我在洗衣服。稍微消停时，我便伸直身体，躺到地上，一动不动。

夏天不复炎热，严冬震撼着我的每根骨头，撞击着我的牙齿，那条从房间里拖来的大白浴巾，就枕在我脑袋之下，如同一堆雪。

有人砰砰猛敲隔间的门。我嘀咕，是谁这么敲，真没礼貌，干吗就不能跟我一样，绕过拐角再去找一个盥洗间，让人安静安静。但此人捶门锲而不舍，恳求我放她进去，我这才模糊听出了她的声音，似乎是艾米丽·安·奥芬巴赫。

"等一下。"我说，喉咙像是糊了一层厚厚的苔藓，发声艰难。

我咬紧牙关，慢慢抬起身子，第十次放水冲马桶，用手抹干净了洗手盆，又把毛巾卷了起来，这样呕吐的污渍便不那么刺眼。然后打开门上的插销，走了出来。

我明白绝不能看艾米丽·安或其他的人，不然意志即刻土崩瓦解。睁着空洞的双眼，我死死盯住走廊尽头悬浮的窗户，先把左脚挪到右脚前面，再把右脚挪到左脚前面，一步又一步。

接着映入眼帘的东西是谁的一只鞋。

这是一只厚底结实的黑皮鞋，皮子已经绽开裂纹，有年头了，脚趾位置还散布着扇形的小小通气孔，无甚光泽，鞋尖冲着我。这只鞋踩在坚硬的绿色表面上，而这表面生生硌疼了我的右颧骨。

我纹丝不动，思忖着自己下一步到底该怎么办。

那只鞋子左边一点，我模糊瞥到白底上的一堆蓝色矢车菊。好想哭，我看到的正是自己浴袍的袖子，我苍白的左手像条死鱼，垂在袖口外。

"她现在没事了。"

我头顶冷静而理智的上方，传来这样的声音。起初我并没感到惊讶，后来一想，觉得奇怪——这是个男人的声音，而我们酒店无论白天黑夜，都不允许男人进入。

"还有几个人？"这声音继续说。

我的兴致被提了起来。地板坚硬稳固，真好。明白自己已经倒下，且不会继续下坠，让人心安。

"十一个，应该是。"一个女人的声音回答。我想她大概是黑皮鞋的主人。"一共应该是十一个人，有个人不在，所以一共只有十个。"

"嗯，你先把这一个扶到床上去，我去看看其他人。"

我右耳听到了低沉的咚咚脚步，逐渐远去，模糊。远远的，一扇门开了，传来各种声音和呻吟，门又合上。

有两只手插到我的胳肢窝下，那女人的声音说："来吧，来吧，姑娘，我们能行的。"我觉着自己的身子被拉起了一半，一扇扇门缓缓后移，终于来到一个房门洞开的房间，进到里头。

床上的被单被掀开了，女人扶我躺下，帮我把被子一直拉到下巴底下，然后一屁股坐到床边的椅子里，用胖乎乎、粉嘟嘟的手给自己扇扇风。她脸上架着镀金框的眼镜，头戴白护士帽。

"你是谁？"我语带诘难。

"酒店的护士。"

"我这是怎么了？"

"食物中毒。"她倒不啰唆，"你们这一群统统食物中毒了。我还从没见过这种事。这儿有人吐，那儿有人吐，你们这些姑娘，到底往肚子里塞了些什么呀？"

"其他人也都吐了？"我暗暗侥幸。

"全都吐了。"她的回答幸灾乐祸，"个个病得跟狗一样，哭着喊着叫妈妈。"

房间似乎飘浮空中，轻柔地围着我旋转。桌子啦、椅子啦，统统轻飘飘，怜悯着突然脆弱的我。

"医生给你打了一针，"护士站在门边说，"你睡会儿吧。"

房门犹如一张白纸，盖住护士站立的空间。一张更大的白纸又盖住房门占据的空间，我朝它飘过去，微笑着睡着了。

有人站在我枕边，端着只白色的杯子。

"喝吧。"这人说。

我摇摇头。枕头窸窣作响，犹如一堆稻草。

"喝了这个，你会好受些。"

一只厚重的白瓷杯伸到我鼻子下头。光线幽暗，现在可能是夜晚，也可能是清晨时分，我端详着杯子里清澈的琥珀色液体。面上浮着小块的黄油，氤氲的鸡香钻入我鼻孔。

我目光迟疑地转向杯子后头的短裙。"贝特西。"我唤道。

"什么贝特西，是我啦。"

我于是抬起眼睛，借着窗外透入的光，分辨出多琳头颅的轮廓，她金色的发梢闪闪发亮，仿佛背后罩上了金色的光环。她的脸在阴影之中，我看不清她的表情，但能感到娴熟的温柔从她的指尖流淌而来。她亲切得好像贝特西，或者我妈妈，或者身上散发香蕨味儿的护士。

我低下头，喝了一口汤。嘴巴简直像沙子做的嘛。我再喝一口，再一口，再一口，直到杯子空空。

我感到自己清洁神圣，蓄势待发，要迎接新生活。

多琳把瓷杯放到窗台上，坐到扶手椅里。我发觉她并没打算掏烟抽。她平时可烟不离手呢，我有些惊讶。

"嗨，你差点死了。"她终于开口。

"肯定是鱼子酱吃坏的。"

"鱼子酱个鬼！是蟹肉。人家做了化验，里头满是尸毒。"

我脑海中浮现出这样一幅图景——《淑女时光》白得耀眼的厨房，一间又一间，延伸到无穷远处。我看到一只只鳄梨，填满了蟹肉和蛋黄酱，逐个被拍照，灯光打得亮眼；我看到纤细而带粉色条纹的蟹钳肉，从外头裹着的蛋黄酱里探出头，无比诱人；而鳄梨淡黄色果肉中心的凹陷里塞满了蟹肉馅，几乎要溢出深绿色的外皮。

食物中毒。

"谁做的化验？"我以为那个男医生给谁洗了胃，然后带回他在酒店的实验室做了分析。

"《淑女时光》的那些傻瓜呗。你们保龄球桩一样，刚刚扑通倒地，就有人打电话向办公室报告，办公室又给《淑女时光》打电话，他们把午宴上剩下的食物统统送去做了化验。嗨！"

"嗨！"我心不在焉地回应。多琳回来真好。

"他们送礼物来了。"多琳补充了一句，"走廊里放了个大纸箱。"

"这么快就送礼上门啦？"

"加急快递嘛，你以为呢？要是你们到处宣扬，在《淑女时光》

吃饭，结果食物中毒，他们可就吃不了兜着走。你们要是再认识个机灵律师，准能把他们杂志告到破产。"

"礼物是些啥呀？"我动了心思，礼物要是上档次，我大可不计前嫌，因为虽吐一场，结果感觉干净纯洁。

"还没人开纸箱哪，大家都还躺着动不了。能走动的只有我，所以我得给每个人送鸡汤去，不过头一个我就先送你了。"

"去看看礼物是什么吧。"我求多琳。说着我倒是想起来了："我也有礼物给你。"

多琳出门进了走廊。我听到一阵窸窸窣窣，然后是扯碎包装纸。她终于回到我房间，手里拿着一本厚书，装帧豪华，封面印满人名。

《年度最佳三十部短篇小说》"她把书放到我的腿上。

"箱子里还有十一本。他们送这个，大概想让你们躺在床上养病时有事可干。"多琳停顿一下，"我的礼物呢？"

我在手包里翻了一遍，把那面印着多琳名字和雏菊的小镜子递给她。多琳瞧瞧我，我瞧瞧她，两人开怀大笑。

"你可以把我那份汤也喝掉。"她说，"他们弄错了，托盘里放了十二份汤。莱尼和我等雨停的时候，狼吞虎咽，吃了好些热狗，我什么也吃不下了。"

"把汤拿进来吧。"我说，"我饿死了。"

第
五
章

次日早晨七点，电话响了。

我从黑沉的睡海海底向上浮，慢慢悠悠。杰伊·茜给我发来的电报已经贴在镜子上，她通知我今天不用去上班，要我好好休息一天，彻底恢复利索。还说知道了蟹肉变质的事，很难过。所以，真想不出来还有谁会给我打电话。

我伸长胳膊，把电话扯到枕头上来，锁骨上搁着话筒，肩膀上放着听筒。

"喂？"

一个男人的声音说："请问是埃丝特·格林伍德小姐吗？"我似乎听出了些微的外国口音。

"正是。"我说。

"我叫康斯坦丁……"

没听出他的姓到底是什么，只觉得里头有好多 S 和 K。我并不认识叫康斯坦丁的人，可也不好意思说破。

这时，我才想起威拉德太太和她那位同声传译。

"当然，当然！"我喊出声来，唰地坐起身，双手紧抓话筒。

可真没想到，威拉德太太会介绍一个叫康斯坦丁的男人给我认识。

我总想结识名字有趣的男人。我认识一个叫苏格拉底①的，他个头很高，面相丑陋，学究气十足，父亲是好莱坞一个大有来头的希腊制片人，可他信奉天主教，这样一来，他也好，我也好，都觉得没戏。除了苏格拉底，我还认识一个叫阿提拉②的白俄罗斯人，他在波士顿商学院读书。

我渐渐听出，康斯坦丁是想约我出去，今天晚一点时候见面。

"你想不想下午来参观联合国总部？"

"已经去过了。"我神经兮兮，嘻嘻傻笑。

他似乎不知如何应对。

"我从窗户里就能看到联合国的大楼。"我寻思着自己说英语是不是语速太快了些。

电话那头沉默片刻。

然后他说："也许你愿意等会儿去吃点什么？"

我在词语之间听出威拉德太太的语气，顿时丧气。威拉德太太总会请别人"去吃点什么"。我想起来了，这个男人刚到美国的时候，曾去威拉德太太家做客——威拉德太太参加了这么个项目——你邀请外国人到家中做客，那么你去国外时，他们也会在家中招待你。

明白了，威拉德太太拿她在俄罗斯的主人家换了我在纽约的一顿饭。

"嗯，我是想吃点什么。"我拘谨地回答，"你几点过来？"

---

① 苏格拉底（Socrates，公元前 470/469—前 399）：古希腊哲人。
② 阿提拉（Attila）：公元 5 世纪古代匈奴首领，曾大举征战欧洲，建立起横跨欧亚的大帝国。

"大概下午两点，我在车里给你打电话。你是在亚马孙酒店吧？"

"对。"

"啊，我知道这地方。"

刹那间，我觉得他的语气别有深意，想了想，很可能亚马孙酒店里有些姑娘在联合国当秘书，也许他曾约请其中一位出去过。我等他先挂了电话才放下听筒，又深深陷入枕头，情绪低落。

随即又强打精神，做着美梦，想象这个男人对我一见钟情，堕入爱河，尽管我们见面的理由那么无聊乏味，义务性地参观一番联合国总部，然后再吃个三明治！

我想尽办法给自己打气。

威拉德太太的这个同声翻译十有八九又矮又丑，而我最后肯定会瞧不起他，正如我鄙视巴迪·威拉德一样。

这念头倒让我几分窃喜。我的确鄙视巴迪·威拉德，尽管所有人都仍旧以为我会嫁给他，只等他从肺结核疗养院里出来。但我心里清楚，即使满世界就剩下他这么一个男人，我也绝不会嫁给他。

巴迪·威拉德是个假模假式的伪君子。

自然，我起初根本不知他底细。我从前以为，认识的男孩当中他无人可比。遥遥暗恋他足足五年，他都没正眼瞧过我。后来一段日子十分美好，我依然暗恋他，而他也终于注意到我。再后来，他对我越发青睐，而我却不经意之间，发现他是个可怕的伪君子。而如今，他希望我嫁给他，而我对他厌恶无比。

最糟糕的是，我又不能直白说出我对他的看法，因为在我开口前，他得了肺结核。眼下我只能迎合他，等他身体养好了再跟他摊牌，不加遮掩，讲个清楚。

我不打算下楼去咖啡厅吃早餐了。要去的话就得起身穿衣，而我反正打算一上午窝在床上不起来，穿衣服岂不多此一举？我猜也可以打电话到楼下，请人给我送上早餐，但那样做的话，我得打发人家小费，而我从来拿不准该给多少钱。在纽约，付小费这件事，我可经历过数次难堪。

刚到亚马孙酒店时，一个穿着酒店小工制服、貌如侏儒的秃顶男人帮我把箱子拎到了电梯里，还给我打开了房门。我当然立马冲到窗边，眺望窗外的风景。过了一会儿，我才发觉那小工还站在洗脸盆旁边，边旋开冷热水龙头边介绍："这边是热水，那边是冷水。"又打开收音机，逐个报上纽约电台的名字。我很不自在，便抱定心思绝不转身，背对着他，斩钉截铁地说："谢谢你帮我提箱子。"

"谢谢、谢谢、谢谢。哼！"他语气尖酸，含沙射影，我还未及转身，弄清他为何生气，他已冲出门，"砰"的一声，粗鲁地摔上门。

后来，我跟多琳聊起这人的奇怪举止，她告诉我："你这小傻瓜，人家这是找你要小费呢。"

我问多琳该给多少，她说最少得二十五美分，要是箱子特别沉，就该给三十五美分。我满可以自己把箱子提到房间里去，看到酒店小工那么热情，我才让他拿的。我一直以为，付过了酒店的房费，这种服务就无须另外付钱了。

把钱递给别人，请人做自己能做的事，我总感到浑身不舒服，难堪又紧张。

多琳告诉我，小费应该是总金额的百分之十。可我身上总找不出合适的零钱——先给人家半美元，再说"其中十五美分是给你的小费，剩下的三十五美分请你找零给我"？那也太难为情啦。

第一次在纽约打车时，我给了司机十美分做小费。车费是一美元，我以为十美分刚刚好，心里美滋滋的，微笑着递硬币给司机。司机呢，只把硬币托在手心里，死死地、死死地盯着。我下了车，直担心自己会不会搞错，把加拿大硬币给了人家。这时，司机嚷嚷起来："小姐，你也要活命，我也要活命，大家都要活命哪！"嗓门那么大，吓得我狂奔而去。幸亏当时是红灯，不然他说不定会开着车一路追我，叫嚷着让我丢脸。

我问多琳这是怎么回事，她说，要么纽约的小费从百分之十涨到了十五。要么呢，那司机就是个不折不扣的混球。

我伸手去够《淑女时光》送的那本书。

刚打开书页，一张卡片掉了出来。正面是一只穿着印花短上衣的贵宾犬，端坐在狗篮里，一脸伤心。反面，这只狗安然在篮子里熟睡，头顶上花纹围绕的空白处印着："多多休养就能恢复利索。"卡片底部，有人用薰衣草紫色的墨水写着：《淑女时光》全体同仁祝您早日康复！"

我信手翻书，一篇又一篇，找到一篇写无花果树的故事。

话说有个犹太男人，他的房子和修道院之间的草地上长着一棵无花果树。这犹太男人和一位深色皮肤的美貌修女，去摘成熟的果子时常常邂逅，然而一天，他们在树梢的鸟窝里发现，一颗蛋孵出了小鸟，小鸟的喙一点一点，啄破蛋壳，而两人的手背碰到了一起。后来，那位修女再也没来和犹太男人同摘无花果，前来摘果的换为一名信天主教的厨房女佣，此女一张刻薄脸，每次摘完果子，都要数数那犹太男人摘了多少，绝不让他摘得比自己多，犹太男人气坏了。

这个故事颇得我心——无花果树冬日被大雪压顶，春日则挂满绿色果实，我特别喜欢这些描写。很遗憾小说已经到了最后一页，我简直舍不得读完哪。多想爬进那黑色的字里行间，钻栅栏一般，去到那棵美丽的无花果树下，悄然入梦。

巴迪·威拉德和我，很像小说里的犹太男人和修女。当然，我们既不是犹太人也不是天主教徒，而是上帝一体论者。我们在一棵虚构的无花果树下相见，目睹的情景不是小鸟破壳，而是婴儿从女人身体里出来，然后发生了可怕的事，我们便分道扬镳了。

躺在酒店白色的床上，我孤独而虚弱，觉得自己仿佛置身于纽约上州，阿迪朗达克山中的那家疗养院里，感觉真是糟透了。巴迪给我写了好些信，老提起自己正在读一个医生兼诗人的诗作，还说发现一位著名的俄罗斯亡故短篇小说家，生前也是位医生，所以没准儿医生和作家合得来。

巴迪·威拉德和我相处的这两年中，他一直唱的可不是这个调。我还记得，一天他朝我一笑，说："埃丝特，你知道诗是什么吗？"

"不知道。你说呢？"我回答。

"是一片尘土。"言毕，他满脸扬扬自得。我注视着他金色的头发、蓝色的眼睛和白色的牙齿——他的牙很长，甚是健康——我说：

"也许是吧。"

整整一年之后，置身纽约城中，我才想到，该怎么回应他那句话。

我常常在脑海中与巴迪·威拉德对话。他比我大几岁，很有科学头脑，因此总能拿出证据，证明这个，证明那个。跟他在一起，我得费好大劲，才不至于窒息而死。

那些虚构的对话，一般开头都借用了我和巴迪的真实场景，不过结尾时，我不会乖乖坐着点头赞同，而是厉声对他反驳。

现在仰面躺着的我，想象着巴迪对我说："埃丝特，你知道诗是什么吗？"

"不知道。你说呢？"我会这样说。

"是一片尘土。"

就在他微笑着，开始扬扬自得时，我就回答："你切开的那些尸体也是尘土。那些你以为你拯救了的病人，也是尘土。他们无非是尘，无非是土。在我看来，一首好诗能活得比一百个人加起来还长呢。"

当然，巴迪听了这话会哑口无言，因为我说的没错。人的身躯不过是尘土，我觉得救治那些尘土一点也不比写诗高尚。人们悲哀时，卧病时，失眠时，会想起那些诗篇，默默地背诵给自己听。

我曾把巴迪·威拉德说的每一句话都奉为至高无上的真理，这正是症结所在。还记得他第一次吻我，是在耶鲁新生舞会之后。

巴迪邀请我去参加舞会，完全出人意料。

圣诞节假日的一天，他从天而降，忽然登门，身穿一件厚厚的白色高领毛衣，帅得不得了，我忍不住直勾勾地望着他。他说："我哪天可能会去大学看你，好吗？"

我瞠目结舌。之前，我只有在大学放假回到家，周日去教堂时才能见到巴迪，只能远远地倾慕，实在想不出来他着了什么魔，会跑过来看我——从他家出发，足足跑了三公里多，还说跑步是为了参加越野赛的训练。

当然啦，我们俩的妈妈是闺密。她们一起上过学，都嫁了教授，又在同一个镇子住了下来。可巴迪读的是预科学校，要么秋天拿了什么奖学金出远门，要么夏天去蒙大拿州救治疱锈病赚钱，所以尽管我们的妈妈是同学加闺密，一点儿用处也没有。

那次意外拜访之后，巴迪便杳无音信。三月里一个晴朗的周六早晨，我在大学宿舍里看书，复习"隐士彼得①"和"穷汉沃尔特②"，准备周一的历史考试，这时走廊里电话响了。

照理说，大家应该轮流去接走廊的电话，但我是这层楼上唯一的大一新生，那些高班女生基本都指望我去接电话。我等了一会儿，看会不会有人赶在我前头。后来又想，多半所有人都去打壁球或回家度周末去了，于是出去接了电话。

"你是埃丝特？"楼下负责守门的女孩问。我说是，她说："有个男的找你。"

一听这话，我大为吃惊。那一年，我相亲好几次，可那些男孩都不曾第二次约我。运气太糟。每个周六晚上，手心冒汗，满怀好

①　隐士彼得（Peter the Hermit）：公元 11 世纪法国亚眠的牧师。
②　穷汉沃尔特（Walter the Penniless）：真名为沃尔特·桑萨瓦尔，是隐士彼得的副手。

奇，下楼去见哪个高班女生介绍的什么姨妈最好朋友的儿子，最后就会见到一个苍白虚浮的家伙，要么长着招风耳，要么生着龅牙齿，要么一副罗圈腿——这种经历我真是烦透了。真不觉得自己活该遭这份罪，我哪方面都不差，只是学习太卖力，从不知疲倦罢了。

我梳梳头，抹上一点口红，拿起历史课本——万一那男的丑八怪，我就说自己正要去图书馆——下了楼，却发现巴迪·威拉德站在我面前！他倚在放信件的桌旁，身穿卡其布的拉链夹克、蓝色棉布休闲裤和磨旧了的灰色跑鞋，咧嘴朝我笑。

"我过来跟你打个招呼。"他说。

这倒怪了，我心想。他从耶鲁一路搭便车过来——这样省钱——只是为了打个招呼。

"你好。"我说，"我们出去吧，坐到外头的门廊里。"

我提出去门廊，因为那个守门的高班女孩爱管闲事，正好奇地上下打量我。明摆着，她觉得巴迪犯了个大错。

我们并肩坐到两把藤编摇椅上。阳光明媚，没有风，甚至有些热了。

"我只能待几分钟。"巴迪说。

"啊，留下吧，留下吃午饭吧。"我说。

"不行。我是过来找琼去参加二年级舞会的。"

晴天霹雳！我真是个大白痴。

"琼怎么样啊？"我冷冰冰地问。

琼·吉林也是我们镇上的，她也去我们教堂，在大学比我高一年级。她是大名鼎鼎的年级长，读物理的，也是大学曲棍球冠军。

琥珀色的眼睛总瞪得溜圆，白闪闪的牙齿大得像墓碑，嗓音低沉，跟她在一起，我总是尴尬得不知所措。她的个头大得像匹马，我想巴迪的眼光真差劲。

"哦，琼啊，"他回答，"她大概两个月之前就问我要不要去参加舞会了，她妈妈还问了我妈妈，愿不愿意陪她，我还能怎么办？"

"哼，要是你不愿意陪她去的话，干吗答应呢？"我醋意十足。

"嗨，我还挺喜欢琼的。她并不在意你有没有为她花钱，也喜欢户外活动。上次她来耶鲁开放日的周末，我们骑自行车上了东山，从前还没有哪个女孩可以自己骑上去，不用我推呢。琼人挺不错。"

我嫉妒得浑身发凉。我还从没去过耶鲁呢，我们宿舍高年级的女生周末都想去耶鲁玩。我决定，不能再对巴迪·威拉德心怀希望。不对他人怀有希望，也就永远不会失望。

"那你还是走吧，去找琼好了。"我面不改色地说，"我约的男生随时会到，他可不愿看到我和你坐在一起。"

"你约了人？"巴迪吃惊地问，"是谁？"

"约了两个呢，"我说，"隐士彼得和穷汉沃尔特。"

巴迪一言不发，于是我又说："这是他们的外号。"

又补了一句："他们是达特茅斯大学的。"

我猜巴迪没怎么读过历史，因为他的嘴角一僵，猛地从摇椅里站了起来，还毫无道理地用劲一推。然后，他把一个淡蓝色、印有耶鲁校徽的信封扔到我腿上。

"我本想，你要是不在的话，就给你留下这封信。里头有个问题，你写信回答我好了。我现在没心情问。"

巴迪走后，我拆开信封。他邀请我跟他一起参加耶鲁三年级舞会。

我惊讶地欢呼几声，一路跑进宿舍楼，喊着："我去我去我去！"门廊外的阳光那么耀眼，楼里显得一片昏暗，我什么也看不见。欣喜若狂，我一把抱住那个守门的高班女生。她听说我要去参加耶鲁大学的三年级舞会时，同样惊讶，马上对我敬意有加。

奇怪的是，这件事后，宿舍同仁对我态度大为改变。我楼层的高班生都开始跟我套近乎，偶尔她们也会自己想起去接接电话，再没人在我房门外故意大声刻薄，挖苦我一头扎进书堆里，白浪费了大学好时光。

然而舞会上，巴迪对我的态度只像个朋友，或者表哥。

跳舞时，他跟我的距离似乎整整隔着好几公里，只在演奏《友谊地久天长》这首曲子的时候，他才把下巴搁在我的额头上，仿佛疲劳不堪似的。凌晨三点黝黑的冷风中，我们缓缓地往我留宿的那栋房子走去，足足走了五英里路。花上五十美分，便可在房子客厅里的沙发上睡一晚，尽管沙发太短，睡不舒服，但其他多数有正经床铺的地方，都得两美元一晚。

我感到乏味而失落，幻想纷纷破碎。

我曾想象，巴迪会在那个周末爱上我，这一年往下的周六晚上，都无须再操心该如何消磨。我住的那幢房子就在眼前了，巴迪突然说："我们去化学实验室吧。"

我震惊："化学实验室？"

"对。"巴迪拉住我的手，"实验室后头的风景很美。"

不用说，化学实验室后头是有一道勉强称得上小山的斜坡，可以眺望到纽黑文几座房子的灯火。

我装作欣赏风景，而巴迪则忙着在崎岖不平的泥土里站稳脚跟。他吻我的时候，我一直睁着眼睛，想要牢记那些零星的灯光，让自己永远不忘。

巴迪终于往后退了一步。"哇！"他感叹一声。

"哇什么呀？"我诧异地问。这浅浅的吻干涩平淡，毫无火花。我还记得，当时心里直嘀咕，真可惜我们在寒风中走了长长五英里，两人的嘴唇都干得要裂了。

"哇，吻你的感觉真棒。"

我客气地保持缄默。

"你一定跟许多男孩子约会过吧？"巴迪当时说。

"嗯，是的。"我琢磨了一下，那一年的每个周末，我见的男孩都不同。

"哦，我的时间都在学习。"

"我也是啊。"我忙说，"毕竟得保住我的奖学金呀。"

"不过，我想每隔两周，应该能抽出一个周末来见你。"

"那就好。"我都快晕过去了，一心只想赶紧回学校，向所有人宣布。

巴迪在房子的台阶上又吻了我一次，第二年秋天，他拿到了读医学院的奖学金，我便没再去耶鲁，而是去医学院看他。在那里，我终于发现，他这些年来一直在愚弄我，这个伪君子，彻头彻尾。

那一天，我们一起去看婴儿出生。

第六章

我求过巴迪好多次，要他带我去医院见识见识。一个周五，我逃掉所有的课，跑去巴迪那里度长周末，结果，他可让我很遭了一番罪。

起初，我只是穿着白大褂，坐在高脚凳子上，旁观巴迪和他的朋友们解剖四具尸体。那些尸体一点不像活人，所以我毫不在意。尸体的皮肤僵硬粗糙，呈现紫黑色，闻起来像陈年泡菜坛子。

接下来，巴迪带我去一座大厅，大厅里摆了好些大玻璃瓶，里头漂浮着尚未出生便夭折了的胎儿。第一个瓶子里的胎儿弓着白色的大脑袋，蜷成一团的身子却小得像只青蛙。第二个瓶子里的胎儿要大些，越往下，瓶子里的胎儿就越大，最后那个瓶子里的胎儿已经长成正常大小，他似乎正看着我，小猪般憨厚地微笑。

面对这些令人毛骨悚然的东西还能如此镇定，我甚感自豪。张皇失措只有一刹那——为了看巴迪切开尸体的肺，我把手肘放在了尸体的胃上。过了一两分钟，我感到手肘上烧灼地疼，突然想到，这尸体说不定还半活着，不然怎么还是温的，我小声惊呼，跳下凳子。巴迪告诉我，灼痛是保存尸体的酸液造成的。听了这话，我便坐回了原位。

午餐前的一小时，巴迪带我去听课，讲的是镰状细胞性贫血和几种别的令人丧气的疾病。课堂上，他们用轮椅把病人推到讲台上，问一些问题，再把病人推走，接着在屏幕上打出彩色幻灯片。

我还记得，其中有一张小女孩的照片，很可爱，脸上有个黑痣。"那颗痣长出来之后的二十天，女孩就死了。"医生话落，教室里顿时岑寂。这时下课铃响了，所以我后来也不知道那颗痣到底怎么回事，女孩为什么会死。

那天下午，我们去看婴儿出生。

我们先在医院走廊里找到一只更衣柜，巴迪拿出白色口罩和纱网让我戴上。

一个医学院学生懒散地站在不远处，他又高又胖，个头简直和悉尼·格林斯特里特① 差不多。巴迪一圈一圈，往我头上缠纱网，把我所有的头发都包了起来，只剩眼睛睁在白口罩上头。

那学生一直在看我们，发出一声冷笑，令人生厌。他说："至少你妈妈还会爱你。"

我满脑子都在想他怎么这么胖，一个男人，特别是年轻男人，一身肥肉实在太不幸，哪有女人愿意倾过身子，跨越大肚皮的阻隔，去亲他啊。我出了神，没有立刻意识到他说的那话十分伤人。他不知多自以为是呢，等我反应过来，想尖刻地反驳他，只有当妈的才会爱一个肥仔时，他已经走了。

巴迪仔细地瞅着墙上一块奇怪的木板，板子上打了好多洞，一

---

① 悉尼·格林斯特里特（Sydney Greenstreet, 1879—1954）：英国演员，曾出演好莱坞经典影片《马耳他之鹰》和《卡萨布兰卡》。

字排开，逐渐变大。打头的洞只有一美元硬币大小，殿后那个洞却足有餐盘大。

"好，好，"他对我说，"眼下正好有人要分娩。"

产房门口站着一个驼背的瘦子，也是学生，巴迪认识他。

"嗨，威尔，"巴迪说，"谁接了这个活儿？"

"我。"威尔郁郁不乐地回答。我发现他高高的前额一片苍白，汗珠星星点点往外冒。"我的活儿。我第一次干这个。"

巴迪告诉我，威尔上三年级了，必须接生八个婴儿才能毕业。

走廊尽头一阵骚动，几个穿着石灰绿外套、戴着无边帽的男人和几个护士匆忙凌乱地推着担架朝我们赶来，担架上躺着白色庞大的一堆。

"你不该看这个，"威尔低声对我说，"看完之后，你这辈子都不会想生孩子了。他们不该让女人旁观，人类会因此灭亡的。"

巴迪和我都笑了，巴迪跟威尔握手后，我们都走进产房。

医院工作人员正把那女人往台子上搬，看到那张台子，我震惊到哑口无言。台子的一头悬着好些金属脚蹬，另一头则挂满了各种仪器、电线和导管，我甚至看不到另一头，这手术台活像给人上酷刑。

巴迪和我并肩站在窗边，离孕妇好几米远，视野一清二楚。

女人的肚子耸起好高，我看不到她的脸和上半身。她活像只蜘蛛，挺着大肚子，两条细长而丑陋的腿卡在高高的脚蹬里，此外身子似乎什么也不剩了。整个分娩过程中，她一刻不停地发出呼呼怪声，简直不像人。

过后，巴迪告诉我，那位孕妇被注射了一种药物，她不会记得自己曾疼痛不堪，曾咒骂呻吟，在药物的作用下，她其实神志迷糊，根本不知自己在做什么。

我想，这种药物也只有男人才想得出来。这个女人明明感到了每一丝痛苦，才不能自已地哀鸣号叫，可她生完这一胎，回家马上就张罗着再生一个。尽管药物让她遗忘了上一次的苦痛，可那漫长阴暗的苦痛通道，无门无窗，无处可逃，一直藏在她身体的隐秘深处，静待时机重新开启，再次把她紧锁其中。

指导威尔的主治医生，老是对那位孕妇说："往下推，托莫力洛太太，往下推，做得好，往下推。"女人两腿之间的那条缝，毛被刮得一干二净，涂满了消毒剂，闪着油光。终于，我看到黑乎乎一团东西从那道缝里冒了出来。

"那是婴儿的头。"巴迪低声说，他的声音几乎被女人的喘息盖过。

不知为何，婴儿的头卡住了，医生告诉威尔得开剪。我听到剪刀划过女人的皮肤——皮肤就像布一样——血涌了下来，是刺眼的亮红。婴儿毫无征兆，一下子落到威尔的手上，蓝紫色的一团，身上沾满了白乎乎的东西，还有鲜血往下淌。威尔直嚷嚷："我手滑，我手滑，我手滑！"恐慌万状。

"你不会……"医生边说边把婴儿从威尔的手中接过来，给它按摩。蓝紫色逐渐退去，婴儿发出嘶哑刺耳的哭声，是个男孩。

不料婴儿竟往医生的脸上撒了泡尿。真没想到会有这种事，我后来对巴迪说。巴迪说这事是不常见，但确有可能。

婴儿一出生，产房里的人马上分成两组，护士们往婴儿的手腕绑上一块金属牌，用一支棉签擦拭婴儿的眼睛，又把他包了起来，放在帆布小床里。而医生和威尔，则忙着用一根针和一根长长的线缝合女人的伤口。

我想，当时有人说了一句："是个男孩，托莫力洛太太。"可女人既没回答，也没抬头。

"嗯，你觉得怎么样？"我们路过医学院四方形的绿草坪，往巴迪的宿舍走去，巴迪一脸满足地问我。

"很有意思。"我回答，"每天给我看，我都不会腻。"

我提不起精神问他生孩子是否还有别的办法。我莫名其妙地认为，最重要的就是目睹孩子从自己的身体里出来，确认这真是自己的孩子。既然疼痛逃不过，不如意识保持清醒。

我老是想象，这一切折腾结束之后，我会挣扎着用手肘撑起身体——既没化妆，又刚遭完罪，脸色自然苍白像死人，可我依然面带微笑，闪耀着母性的光辉，长发披散到腰际，伸手接过自己的第一个宝贝，它在我的怀里蠕蠕而动，我则轻声呼唤着它的名字。

"它的身上为什么沾满了白色的粉末？"我问，好让我和巴迪不至于冷场。巴迪告诉我，那是一种蜡质，起到保护婴儿皮肤的作用。

我们回到巴迪的房间，这简直就是间僧侣苦修室，墙上光秃秃，什么也没挂，床上、地板上也毫无装饰，书桌上摆着《格雷氏解剖学》①和其他一些令人毛骨悚然的医学书籍。巴迪点上支蜡烛，拔掉一瓶杜邦内甜葡萄酒的橡木塞子。我们并排在床上躺下，巴迪啜着

---

① 《格雷氏解剖学》(*Gray's Anatomy*)：是一部英语人体解剖学教科书，解剖学的经典著作之一，作者是亨利·格雷。此书 1858 年首版于英国，次年在美国发行。

他的酒，而我则从随身带着的书里，大声朗读《有个地方我从未涉足》^①和其他的诗篇。

巴迪说，既然我这么聪明的姑娘成天埋首诗歌，那诗歌必有魅力。所以每次见面时，我都会给他读些诗，把我的感受讲给他听。这是巴迪提出来的。我们共度周末时，他总要安排些活动，绝不能浪费了时间。巴迪的父亲是位老师，我想巴迪其实也可以做这一行，他总想跟我解释这，解释那，让我接受新知识。

我读完一首诗，他忽然开口："埃丝特，你见过男人吗？"

瞧他说话的样子，我明白他指的并不是随便哪个男人，或一般意义上的男性，他想说的是男人的裸体。

"没有，"我回答，"只见过雕塑。"

"那么，你想不想看我？"

我不知该怎么回答。我妈和我外婆早已频频暗示，说巴迪·威拉德真是个正经清白的男孩子，家庭出身也那么正经清白。还说教堂里大家都认为他堪称楷模，对父母、对老人总那么关切，体格好，爱运动，帅气又聪明。

说真的，我听到的都是巴迪如何正经，巴迪如何清白，正是为了他这样的男孩子，女孩才如何应当保持正经清白，守身如玉。所以，无论巴迪想做什么，我都觉得不会出大乱子。

"嗯，那好吧，也行。"我说。

巴迪拉开棉布长裤的拉链，脱下来放在椅子上，又脱下了内裤，

---

① 《有个地方我从未涉足》(*Somewhere I have never travelled*)：美国著名诗人 E.E.卡明思的代表作之一。

他的内裤材质很像尼龙渔网。我目不转睛地看着他。

"这料子很凉快，"他解释道，"而且我妈说好洗。"

他就这么站在我面前，我也就这么一直盯着他。满脑子只能联想到火鸡脖子和嗉囊，特别丧气。

我不说话，巴迪似乎觉得自己受到了伤害。"我觉得你最好习惯我这个样子。"他说，"现在让我看看你。"

然而，我突然一点也不愿意在巴迪面前脱衣服，感觉跟在大学拍摄姿态照一样。你得站在照相机前，心底一清二楚，这张照片从正面、侧面，留下了你光溜溜的身子，将进入大学体育馆的档案，有人还会根据你站得是否笔直，给你打上 A、B、C、D 等级。

"哦，下次吧。"我回答。

"好吧。"巴迪穿上衣服。

我们亲吻，拥抱了一阵子，我感觉放松些。我把剩下的杜邦内酒喝完，架着二郎腿坐在巴迪床上，找他要梳子。我把头发放下来，慢慢梳着，遮住我的脸，好让巴迪看不到。我脱口而出："巴迪，你有没有过什么风流事？"

我至今不知到底是何原因驱使我问出了口，这句话突然就从嘴里蹦了出来。我从没想过巴迪会和什么人勾搭，本以为他会说："从没有过，我一直把持着自己，等待有一天能娶到像你这样纯洁无瑕的处女。"

可巴迪没说话，只是脸一红。

"说呀，你有没有过？"

"你说的风流事指什么？"巴迪声音空洞。

"你懂的啦，你有没有和人上过床？"我让头发垂下，挡住朝向巴迪那一侧的脸，不急不慌地梳头发，脸颊直发烫，带静电的发丝粘到脸上。我多想大喊："不，不，不要告诉我，什么也别说。"可我喊不出声，只一味沉默。

"嗯，有过。"巴迪终于承认。

我差点没晕过去。巴迪头回吻我那个夜晚，说我肯定跟许多男孩约会过，他让我觉得自己在性的方面比他胆大历练得多。他那神气，仿佛拥抱我、亲吻我、抚摸我，皆因我的默许，他突然无法把持，才忘乎所以。

原来他这一切都是装的。

"跟我说说。"我慢慢地梳着头发，一遍又一遍，每一下，都感到梳齿扎进我的脸颊。"你跟谁睡了？"

见我没大发雷霆，巴迪显然松了口气。能找个人说说自己当初如何被引诱上钩，他似乎也释然于胸。

当然啦，是别人引诱了巴迪，巴迪可没主动，真不是他的错。去年夏天，在科德角的一家酒店打杂，有个女服务员主动勾引。他发觉那女人对自己暗送秋波，厨房一片忙乱时故意把胸脯朝他身上凑。终于有一天，他问那女人怎么回事，她便直截了当："我想要你。"

"配香芹送上？"巴迪笑得天真无邪。

"不，"她回答，"改天晚上。"

就这样，巴迪不再清白，也不再是处男。

一开始，我以为他大概只和她睡过一次。为了安心，我还是问了巴迪。他回答说记不清楚了，夏天剩下的那些日子里，大概一周好几次吧。我取了个三次，乘以十周，得出了三十这个数字，于情于理，怎么也说不过去。

那件事后，我心底什么东西就结了冰。

回到学校，我开始四处讨教高班女生，要是她们正在了解和相处的男孩，突然坦白说，有个夏天和放荡的女服务员睡了三十次，她们会怎么办。可那些高班女生说，多数男孩都这副德行，你若还没正式和他们确定关系，或订下婚约的话，也实在没法子指责他们。

其实，我窝火的并不是巴迪和什么人上过床。我在书里又不是没读到过，人们互相睡来睡去。假如我面对的人不是巴迪，而是别的男孩，我会专挑最有趣的细节刨根问底，然后出门找个人上一次床，就算大家扯平了，也不会再伤脑筋。

巴迪一直装模作样，似乎我作风大胆，而他则单纯无邪，这让我怒不可遏。实际上，他和那个风骚的女服务员鬼混，恐怕心里一直在嘲笑我呢。

"你妈妈对那个女服务员怎么看？"我在那个周末问他。

巴迪和他妈妈亲密非常。在男女关系问题上，巴迪处处引用他妈妈的话，而我知道威拉德太太把男人和女人的童贞看得比天都大。我第一次去她家吃晚饭，她就意味深长地打量我，那目光城府极深，试图看透我的底细。我当时便明白，她想确认我到底是不是个处女。

听我问到这个，不出所料，巴迪十分尴尬。"妈妈问过我格莱迪丝的事。"他承认。

"哦，那你怎么说的？"

"我告诉她格莱迪丝未婚，白人女孩，二十一岁。"

我清楚，巴迪永远不会为了我，对他妈妈说话如此生硬。

他老说，他妈妈讲："男人需要的是伴侣，女人需要的是无限的安全感。"还有什么："男人是射向未来的一支箭，而女人则是那支箭飞出的起点。"诸如此类，令人厌烦。

每次我企图争论时，巴迪便会回应，他妈仍能在他爸身上找到乐趣，这把年纪的夫妻还能其乐融融，不是太妙了么。所以，他妈肯定深谙男女相处之道。

我要彻底甩掉巴迪·威拉德，并非因为他与那个女服务员上床，而是因为他没勇气大方承认，不敢面对自己个性的弱点。然而，我决心刚下，走廊的电话就响了，有人意味深长、哼小调似的通报："埃丝特，找你。波士顿打来的。"

我立刻晓得出事了，波士顿我只认识巴迪，他从没给我打过长途电话，因为写信便宜多了。有一次，他要给我捎个急信，恨不得立即联系我，就跑去问遍全年级的同学，打听周末有谁开车来我的学校。当然，还真的有人。于是巴迪把信托付此人，我当天就收到了。巴迪还省了邮票钱。

电话还真是巴迪打来的。他告诉我，年度秋季体检，X 光片显示他得了结核病。他拿到了一项奖学金，专给得了结核病的医学院学生去阿迪朗达克山里的疗养院疗养。然后，他说我上周末之后就没再给他写信了，他希望我们之间没出问题。又问我能不能每周至少给他写一封信，圣诞节放假时来疗养院看他。

我从没见过巴迪如此灰心丧气。他向来为自己体魄强健，得意扬扬。每次我鼻塞得无法呼吸时，他总说这是心理因素在作怪。当医生的会这么想，够奇怪的，我看他还不如攻读心理学，做个心理医生得了。当然啦，此话我从没直截了当说出口。

我安慰巴迪，告诉他，我很是难过，还许诺一定给他写信。其实，放下电话，我一点儿也不难过，但觉如释重负。

我心想，巴迪虚伪地过着双重生活，自我感觉高人一等，结核病大概正是对此的惩罚。这倒方便了我，既然巴迪病了，我就不用满学校跟人说我和他分手了，再次开始千篇一律地相亲。

我只跟大家说，巴迪得了结核病，我俩几乎已订婚。这样，周六晚上我守在房间看书学习时，其他女孩都对我特别和善。她们都认为我勇气非凡，拼命学习，只为掩饰自己心碎。

第
七
章

不出所料，康斯坦丁个头太矮，不过帅得自成一格，浅棕色的头发，深蓝色的眼睛，表情丰富，自信而充满挑战。他的模样几乎就是个美国人，皮肤晒得黝黑，牙齿整齐洁白，不过我一眼看出，他不是美国人。他身上有种东西，我从没在哪个美国男人身上看到过，那就是直觉。

康斯坦丁很快猜到，我不受威拉德太太的荫庇。我不时翻个白眼，冷笑一声，很快就和康斯坦丁沆瀣一气，尽情嘲讽威拉德太太。我想：这个康斯坦丁不会在乎我个子太高，不会在乎我懂的语言不够多、没去过欧洲。他能洞穿纷繁的表面，看到真正的我。

开着他那辆老旧的绿色敞篷车，他带我去了联合国总部。褐色的座椅皮面绽裂，然而十分舒适。车篷敞开着。他告诉我，之所以晒得这么黑，是因为常打网球。明亮阳光下，一条又一条街，我们飞驰而过。他握住我的手，捏了一下。我开心无比，连九岁那年和父亲一道，在滚热的白沙滩上奔跑都没这么开心。那个夏天之后，父亲便撒手人寰。

康斯坦丁和我坐在联合国大楼的一间会议厅里，这儿装修豪华，人们刻意保持安静。我们旁边坐了一位神情严肃，肌肉结实的俄罗斯女孩，她素面朝天，和康斯坦丁一样，也是同传译员。坐在这里，我暗自思索，自己单纯彻底的开心岁月，只到九岁——为何一直没意识到这点呢？真奇怪。

九岁之后，尽管母亲省吃俭用，供我去夏令营、学钢琴、学水彩画、学跳舞、学航海；尽管大学准许我在早餐之前，驾船穿过清晨的迷雾；尽管吃了那么多巧克力脆饼底蛋糕；尽管每天脑海中都闪烁着无数奇思妙想，可我再也没能敞开心扉，纵情欢乐过。

我愣眼直盯那位穿双排扣灰西装的俄罗斯女孩，她讲的语言深奥无比，嘴里蹦出一个接一个惯用语——康斯坦丁告诉我，惯用语是俄语口译最困难的地方，因为俄语的惯用语和我们无法一一对应——我全心全意渴望能钻到她的身体里，用尽余生，大声吼出一个又一个惯用语。尽管不会因此而变得更快乐，但技能就像小石子，恒河沙数一般，至少我又多捡了一颗。

我历数着自己不会做的事。

首先不会做饭。

外婆和妈妈都是烹饪高手，我心安理得，把什么都推给她们。她们总想教我做菜，而我只是袖手旁观，嘴里嘟囔："哦，哦，知道了。"其实，她们的教诲水一般淌过我的脑袋，点滴未留。真动手时，我还故意弄成一团糟，从此再没人让我做饭。

我还记得乔迪，她是我大学头一年最好的朋友，也是唯一的朋友。一天早晨，她在家里给我做了一道炒鸡蛋。味道别具一格，我便问她里头加了什么料，她告诉我加了奶酪和蒜味盐。我问这是谁教她的，她说没人教，自己想出来的。话说回来，她从来脚踏实地，读的是社会学。

其次不会速记。

这意味着我大学毕业之后，很难找到好工作。我妈总叨叨，才没人会雇用英语专业一无所长的毕业生呢。但会速记的英语专业毕业生则是另一码事，炙手可热。年轻的男创业家都会争相雇用，而她会在他们的指示下，敲出一封又一封文采飞扬，激动人心的信函。

问题在于，我痛恨给男人们服务。我渴望听从自己意愿，自己写出文采飞扬、激动人心的信函。妈妈给我看过一本速记教材，那些小符号跟时间是 t、总距离是 s 之类物理符号毫无二致，都令我反胃。

单子越列越长。

我跳舞蹩脚；唱歌跑调；毫无平衡感，每次体操课要伸展胳膊、头顶一本书走过窄窄的木板，我一定会摔下去。我既不会骑马，也不会滑雪，尽管无比渴望掌握这两项运动，但学费太昂贵。我说不了德语、读不了希伯来文、写不了中文。而坐在我面前的这些联合国雇员们，来自五湖四海，各种偏僻国家，其中大部分我在地图上都找不到。

坐在联合国大楼这隔音的核心位置，一边是既会打网球，又会同声传译的康斯坦丁，另一边是通晓那么多惯用语的俄罗斯姑娘，有生以来，我头回感到自己百无一用。问题在于，其实我从来都如此无用，只是以前不曾意识到而已。

我唯一拿手的是获奖学金和得奖，而这个时代行将结束。

我像一匹赛马，生活在没有赛道的世界里；又像一名大学的橄榄球冠军，突然被扔到了华尔街上，身上套着西装，辉煌岁月萎缩成壁炉上的一尊小小金杯，上面篆刻着一个日期，恰如墓碑上的生卒年月。

我看到我的人生，就像那篇小说中的那棵无花果树，枝繁叶茂，在面前伸展。

每条树枝的尖梢上，都挂着一颗肥美深紫的无花果，那便是一个美好未来朝我招手。一颗果子是丈夫、快乐家庭和小孩；另一颗果子是成为著名诗人；下一颗是荣膺教授，功成名就；再下一颗是做伊·吉，那位了不起的编辑。一颗无花果是欧洲、非洲和南美，另一颗无花果是康斯坦丁、苏格拉底、阿提拉诸如此类，有着奇怪名字和出格职业的情人们，还有一颗是奥运会女子航海项目冠军，在众多果子上方，更远更远处，还有好多好多别的果实，我无法看分明。

我看见自己坐在这棵无花果树下，拿不定主意到底要摘哪一颗果，只好饿以待毙。每一颗果子我都想摘，可摘一颗就得放弃其他所有。就这样，我坐在树下，犹豫踟蹰，而那一颗颗无花果，逐渐起皱变黑，扑通扑通，接连坠落，掉到我脚旁。

康斯坦丁挑的餐馆，飘着各色香草香料和酸奶油的味道。我在纽约这些日子，从未发现这样的餐馆。我总去"汉堡天堂"连锁餐厅，他们供应巨大的汉堡、当日例汤，一尘不染的柜台里还陈列着四种装饰华丽的蛋糕，面对一长条明亮的镜子。

我和康斯坦丁在迷蒙的灯光中，走下七级台阶，才进了餐馆。

被烟熏黑的墙上，贴着许多风景招贴画，仿佛打开了许多窗户，眺望着瑞士的湖泊、日本的山峦、非洲的草原。瓶子般粗大的蜡烛上蒙着灰尘，仿佛好几个世纪以来，一直不停流淌着烛泪，红、蓝、绿，层层叠叠，交织成精美而立体的蕾丝图案，在每张桌子上投下光环，而人们的面孔似乎也在漂浮，发光，宛若火焰。如今已不记得自己吃了什么，但咽下第一口食物，心情顿时好了很多。我嘀咕，先头眼前出现无花果树和大只无花果枯萎坠落的幻景，大概只是因为饥肠辘辘。

康斯坦丁负责倒酒，杯中的希腊红酒，甘醇且带松树皮芳香。我发觉自己叽叽喳喳，跟他聊着我要学德语，我想去欧洲，想做一名跟玛格丽特·希金斯①一样的战地记者。

我如此轻松愉快，等酸奶和草莓酱甜点端上来时，已然决定，若康斯坦丁想引诱我，我不会拒绝。

自从巴迪·威拉德坦白了和那女服务员的风流事之后，我一直琢磨自己也该出门找个人，和他上床。跟巴迪上床不能算数，因为那样的话，他还是比我领先。我必须跟别的人上床。

我只和一个男孩讨论过上床的事。那是个耶鲁男生，来自南部，长着鹰钩鼻，一副愤愤不平的相貌。一个周末，他来我们学校找他约会的女孩，不料发现人家前一天和一位出租车司机私奔了。那个女孩就住在我们宿舍，那天晚上正巧只有我在，让他振作起来的重担便自然落在我肩。

一家本地咖啡店里，我们蜷缩在隐蔽的高背厢座上，背板木头

---

① 玛格丽特·希金斯（Marguerite Higgins, 1920—1966）：系美国战地记者，曾亲赴第二次世界大战、朝鲜战争及越南战争战场采访，因其深入战场的报道与成就声名远扬，并成为荣获普利策奖的首位女性。

上刻着好几百人的名字。我们一杯又一杯灌下黑咖啡，讨论男女性事，开诚布公。

那个男孩——大名埃里克——说我们学校那些女生，要么四散站在门廊的灯光下，要么毫无掩饰，站在灌木丛中，在夜里一点宵禁到来之前，和男友搂搂抱抱，疯狂亲吻，故意让路人看个一清二楚。他觉得如此这般很是恶心。埃里克口气怨毒，质疑都经过了一百万年的进化，我们成了什么？还是动物！

随后，他坦陈自己头回与女人上床的经历。

埃里克以前在南部的一所预科学校念书，这学校专门培养全面发展的绅士。有一条不成文的规定，每个男生在毕业前，都必须"结识"一个女人。《圣经》意义上的"结识"，埃里克说。

就这样，一个周六，埃里克和他的几个同班同学，乘大巴去了最近的一座城市，找了间臭名昭著的妓院。埃里克叫的那个妓女连裙子都懒得脱。她一身横肉，人到中年，头发染成红色，嘴唇厚得很不自然，皮肤粗糙，还不肯关灯。因此，埃里克只好在一个粘着苍蝇的二十五瓦灯泡下和她做爱，感觉完全不像传说中的畅快，简直乏味得像上厕所。

我说，也许钟爱一个女人时，做爱就不会如此乏味了。可埃里克回答，一想到他爱的女人也和动物没什么两样，他便兴致全无，因此，他若爱上了什么人，绝不会跟她上床。实在难耐时，宁可去召妓，也绝不玷污心上人。

我当时动了念头，觉得埃里克也许是个上床的合适人选，他已有过经验，而且说起性事来一点不像别的男孩子，要么猥琐，要么傻气。然而，后来埃里克给我写了封信，坦言他也许真会爱上我，我那么聪明伶俐、愤世嫉俗，却有一张和善的脸，正像他的姐姐。看过这封信，我知道自己的算盘要落空，我正是他绝不会与之做爱的类型。于是，我给他回了信，告诉他，很遗憾，我已经和青梅竹马的男孩有婚约。

在纽约，任一个同声传译引诱我，这主意我越想越觉得靠谱。康斯坦丁看上去甚为成熟沉稳，体贴周到。大学男生们会向室友、篮球队球友吹嘘自己在车后座上睡过哪些女孩，而康斯坦丁呢，就算把和我上了床的事情说出去，我也不认识他的朋友。再说了，他是威拉德太太介绍给我的，和他睡觉这件事，便具有令人抿嘴一乐的反讽，仿佛她绕了一圈，却得为此担责。

康斯坦丁问我愿不愿上楼去他的公寓，听听俄罗斯三角琴唱片，我暗自笑了。我妈妈叮嘱过我无数次，晚上跟男人出去之后，绝对不能跟男人回家，男人脑子里只会有一个意图。

"我很喜欢俄罗斯三角琴。"我说。

康斯坦丁的公寓有阳台，阳台俯瞰河上。沉沉夜色中，但闻往来拖船汽笛呜呜长鸣。我心中躁动一股暖暖柔情，决心愈发坚定。

我知道自己可能会怀孕，但这份担忧影影绰绰，迢迢遥远，并不让我忧心。我妈特地从《读者文摘》里剪下一篇文章寄给我，据该文称，没有哪种避孕方法能百分之百保险。

那篇文章是位已婚女律师写的，她自己生养了好几个娃娃。文章题为《捍卫贞洁》。

文中列出种种理由，再三强调，女孩绝不应该跟丈夫以外的任何男人上床，而且要上床也得成婚之后。

文章的主要观点是，男人的世界跟女人的世界不一样，男人的情感和女人的情感不一样，只有婚姻能把这两个世界、两种情感结合在一起。我妈说，这个道理女孩子老是领悟得太迟，所以一定要听从专家们——比如结过婚的女人们——的建议。

这位女律师写道，最优秀的男人都愿意为妻子保留清白之躯，就算他们已经不再清白，也希望由自己来教导妻子性事。他们当然会想办法说服女孩子跟他们上床，许诺以后会娶她们为妻，可只要女孩一屈从，男人们便立刻不再尊重她，还会指责，既然她这次和自己上了床，下次也会和别的男人上床。失去贞操的女孩，到头来会被男人弄得人生凄惨。

这女律师在结尾提醒道，不怕一万就怕万一，安全第一，不要冒险。此外，没任何办法能确保不怀孕，一旦怀孕，那就真惨了。

我觉得，这篇文章看似面面俱到，却只字未提女孩的感受。

保持贞洁，再嫁一个贞洁的男人固然好，但万一他和巴迪·威拉德一样，等到婚后才突然口吐实言，说自己并非白纸一张，那我怎么办？女人不得不心思单纯，守身如玉，而男人却可以一面故作清纯，一面胡作非为。想到这一层，我怒不可遏。

终于，我下定了决心。要热血又要聪明，二十一岁还是童男之身，遇到这样的男孩肯定难于登天，那还不如我干脆也把保持贞洁抛到脑后，跟一个不再清白的男人结婚算了。他若让我痛苦，我同样可以让他痛苦。

十九岁那年，我把贞洁奉为圭臬。

那时，我眼中的世界不分天主教徒、新教徒；不分共和党人、民主党人；不分白人、黑人，甚至不分男人、女人，我只看到有人已和别人上过床，而有人却没有。这似乎构成了人与人之间最本质的差别。

我以为，越界的那天，我身上会发生翻天覆地的变化。

我以为，若真有一天能去欧洲，我同样会感觉自己焕然一新。回家之后，若是紧盯镜中的自己，一定能看到眼眸深处，白雪皑皑，耸立着小小的阿尔卑斯山。此时此刻，我想，明天早晨照镜子时，我会看到眼中端坐着微缩的康斯坦丁，笑容满面。

然而，在康斯坦丁家的阳台上，我们懒洋洋地分别坐在两架秋千椅上，听了半个小时的留声机，三角琴唱片堆在我们之间。许是街灯，许是一钩弯月，许是车灯或星辰，发出淡淡的乳白光芒。康斯坦丁握着我的手，但并不见任何引诱我的企图。

我问他是否已订婚，或有固定的女友，琢磨这该是他如此克制的理由。但他回答都没有，他从来不愿承受此类束缚。

喝了那么多松树皮香味的红酒，我终于感到强烈的困倦在全身血管中漂流。

"我进去躺会儿。"我说。

我若无其事走进卧室，弯腰，脱掉鞋子。干净的大床漂浮在眼前，仿佛一只救生艇。我舒展身体，闭上眼睛。

随后，我听到康斯坦丁叹了口气，从阳台上走了进来。咚咚两声，他的鞋落到地板上，他躺到我身旁。

透过一缕发丝，我偷偷窥探。

他仰面躺倒，头枕着双手，凝视天花板。浆洗过的白衬衫，袖子卷至肘弯，昏暗之中微微泛光。他那晒成小麦色的皮肤似乎与夜色融为一体。我想，真没见过比他更英俊的男人。

假若我脸蛋轮廓优雅，假若我对政治高谈阔论，机灵聪敏，假若我是作家，大名鼎鼎，康斯坦丁也许才会生出与我睡觉的兴致。

随后我又思忖，会不会他一表示喜欢我，我就会立刻觉得他不过如此；他一爱上我，我就会对他吹毛求疵，和对待巴迪·威拉德及之前别的男孩子一样。

相同情况一遍又一遍发生。

我会远远中意某个男子，觉得完美无疵。然而一旦他靠近，我便立刻拒之千里。

这也是我永远不愿结婚的原因之一。什么"无限的安全感"，什么"要做箭飞出的起点"。我毫无兴趣。我渴望改变，渴望新奇，渴望把自己发射到四面八方，像七月四号独立日庆典的烟火，腾空而起，绚烂夺目。

雨声把我惊醒。

屋里黑得伸手不见五指。过了好一阵，我才辨认出一扇窗户陌生的轮廓。时不时，一道光芒划过空中，如同一根鬼魅的手指，探究地爬过墙面，随后踪影消失。

我听到人的呼吸声。

开头以为是我自己，独自在食物中毒后躺在酒店的房间里。我屏住气，可那呼吸声仍在继续。

床边，一只绿眼睛幽幽闪光。它像指南针一样被分隔成四块。我慢慢伸长胳膊，把手放在上面。然后把它抬起来。它的下头是一条手臂，沉重得像死人的手臂，却有睡意的温暖。

康斯坦丁的手表，显示此刻是凌晨三点。

他和衣而卧，依然穿着衬衫、长裤和袜子，跟我睡着前看到的一样。我的眼睛逐渐适应了黑暗，目光抚过他浅色的眼睑、笔直的鼻梁和温柔有形的嘴唇。他的五官如此飘忽，仿佛画在雾气之上。我倾过身子，端详了他好几分钟。我还从没在一个男人身边睡着过。

我试图想象，假如康斯坦丁是我丈夫，生活会是什么模样。

那样一来，我得早晨七点起床，给他煮鸡蛋、煎培根、烤面包、煮咖啡。他去上班之后，我穿着睡衣，头发上缠着发卷，忙东忙西，刷盘子、整理床铺。他生机勃勃地过完激动人心的白天，晚上回家会指望吃到丰盛的晚餐。而我呢，随后还得跟更多的脏盘子打仗，直到累瘫，一头栽倒在床上。

对于一个拿了十五年全 A 的女孩来说，这样的生活多么乏味而空洞。可我很清楚，婚姻就是这么一副模样，看看巴迪·威拉德的母亲，从早到晚只知做饭、打扫、洗洗刷刷。她嫁的老公在大学里当教授，她自己从前还是私立学校的老师。

我有一次去找巴迪，威拉德太太正把她丈夫的旧羊毛西装拆成一条条，再手编成地毯。她在这条毯子上花了好几周的心血，不同深浅的棕色、绿色和蓝色花呢精巧地交织在一起，我大为赞叹。可完工后，威拉德太太并未按我的想法把毯子挂到墙上去，而是用它换掉了厨房地上的踩脚垫。不出几天，这块毯子便污渍斑斑，面目全非，与廉价商店里随便花上一美元买到的垫子毫无二致。

我心中明镜一般，结婚之前，无论一个男人如何对女人大送玫瑰、献上温柔亲吻、请吃精致晚餐，他心里头只暗暗巴望立等婚礼结束，新娘就会像威拉德太太厨房的垫子一样，铺展开来，任其践踏。

难道妈妈不曾亲口告诉过我，她和父亲刚刚动身去里诺①度蜜月——我父亲以前结过婚，所以得先去离婚——我父亲就对她说："嗨，我真是松了一口气。现在我们终于不用装模作样，可以做回自己了。"自打那天起，我妈就再也没享受过一分钟的安宁轻松。

我还想起，巴迪·威拉德曾不怀好意地对我说，等我生了孩子，看法就不同了，好像他很懂似的。他说我就不会再想写诗了。我便也逐渐觉得，也许结婚生子，真会像被洗过脑筋，人就会变得麻木不仁，沦为奴隶，活在极权统治的私人王国里。

我凝视着康斯坦丁，就像凝望深深井底的一块卵石，闪亮发光却遥不可及。他的眼睑打开，目光穿透了我，眼中盛满爱意。我无言回望，直到这迷茫的温柔里打开意识的天窗，张大的瞳孔里发出光来，和漆皮一样失去了深度。

康斯坦丁坐起身，打个呵欠："几点了？"

"三点。"我平铺直叙，"我该回去了。明天一大早要上班。"

---

① 里诺（Reno）：美国内华达州的一个城市。里诺于 1908 年通过了一项著名的"免责离婚"法案，说明男女双方只需同居满一段时间及缴纳一笔定额费用，就可到里诺申请离婚，程式简单快捷。

"我开车送你。"

我们背对背各自坐在床沿，摆弄着鞋子，床头灯的白光亮得可怕，毫不暧昧。我感觉到康斯坦丁转了身。"你的头发总是这样吗？"

"哪样？"

他没回答，只伸手碰触我的发根，手指缓缓一直抚到发梢，如同梳子一般。我仿佛被轻微的电流击中，坐得一动不动。打小我就喜欢别人给我梳头，总让我睡意沉沉，祥和安宁。

"哦，我知道了。"康斯坦丁说，"你刚洗过头。"

然后，他弯下身，系上网球鞋的鞋带。

一小时之后，我就躺在酒店的床上，聆听雨声。这声音不像雨，倒像拧开了水龙头。我左侧小腿胫骨中央的疼痛再度袭来，我放弃了早晨七点之前重入梦乡的希望。那个时辰一到，我的无线电闹钟就会雄壮地奏起索萨进行曲，把我唤醒。

每逢雨天，这根断过的骨头就会恢复记忆，唤起钝钝的痛楚。

我想："是巴迪·威拉德害得我断了这条腿。"

我又想："不，是我自己弄断的。我故意跌断了腿，好惩罚自己的卑鄙。"

第八章

威拉德先生开车带我上了阿迪朗达克山。

那是圣诞节过后的第二天，灰蒙蒙的天穹压在头顶，雪意鼓胀。圣诞节过后的第二天，我的肚子总胀得难受，百无聊赖，郁闷失落，因为那松枝、蜡烛、金银纸包裹的礼物、壁炉里桦树枝烧起的火焰、圣诞节火鸡、圣歌和钢琴演奏许诺的种种美好，似乎永远无法变成现实。

到了圣诞节，我几乎总巴望自己是个天主教徒。

先是威拉德先生开车，再换成我。我已不记得我们聊了些什么，望着被积雪覆盖的田野露出了阴沉的面目，望着绿得发黑的冷杉树挤挤挨挨地从灰暗的山头上拥到路边，我越来越郁郁不乐。

我几欲脱口告诉威拉德先生他自己去就好，我要搭便车回家去。

但偷眼看一眼威拉德先生的脸——他和年轻男孩一样留着寸头，长着清澈的蓝眼睛，双颊在寒冷中被冻成粉红，甜蜜得像个结婚蛋糕，表情显出单纯的心地和对我的信任——我知道自己做不出来这种事。非得去看望巴迪不可。

中午时分，天空的灰色稍稍转淡。我们在冰封的岔道上停下，拿出威拉德太太给我们打包的午餐，分享着金枪鱼三明治、燕麦曲奇、苹果和装在保温瓶里的咖啡。

威拉德先生亲切地注视着我。他清了清嗓子，把面包屑从腿上拂去。看得出来，他要说正经话了。他个性非常腼腆，他做重要的经济学主题演讲之前，我也听过他这样清嗓子。

"内莉和我一直盼望有个女儿。"

我糊涂了一下子，以为威拉德先生要宣布威拉德太太怀孕了，会生个女孩。他接下来说："可我想不会有比你更可爱的女儿了。"

看到我流泪，威拉德先生肯定以为我是因为他愿意当我父亲而喜极而泣。"嗨……嗨，"他拍着我的肩膀，又清了一两下喉咙，"我想我们很能互相理解。"

他打开他那一侧的车门，走到我这边来，在灰蒙蒙的冷空气中，他的呼吸曲折盘旋。我挪到他刚坐过的座位上，而他发动引擎，我们继续前行。

我不确定自己之前对巴迪的疗养院有过何种设想。

大概一度以为那会是坐落在小山顶上的一栋木头房子，里头住着面色红润的年轻男女。他们个个富有魅力，眼睛里却都闪着慌乱狂热的光，盖着厚厚的毯子，躺在户外的阳台上。

"结核病就像是肺里长了炸弹。"巴迪在一封信里这样写道，"你得非常安静地躺着，祈求它可千万别爆炸。"

我很难想象巴迪能安静地躺着。时刻奋起力争一直是他的人生哲学。连我们那年去海滩，他都从未和我一样在阳光下躺下打个盹。他要么跑来跑去，要么打球，要么快速地做一组又一组的俯卧撑来打发时间。

威拉德先生和我在前台等下午的午休治疗结束。整个疗养院的色调似乎都是赤褐色。黝黑阴森的木制家具，焦褐色的皮座椅，墙壁从前白过，但如今呈现一片病态的潮湿发霉，木地板上铺的是斑驳的褐色油毡。

一只矮咖啡几，许多圆形、半圆形的斑点渗入深色的面板，上头摆着几本《时代周刊》和《生活》杂志。我拿起手边的一本，翻到中间，遇到满脸堆笑的艾森豪威尔，光溜溜的头，毫无内涵，就像瓶子里泡的胎儿的那张脸。

片刻过后，听到偷偷摸摸的滴水声。我一时以为浸透潮气的墙壁正在释放自己，可接着发现这声音来自屋角一座小小的喷水池。

一段粗陋的水管正向空中喷水，那喷水约几英寸高，张牙舞爪，腾起再落下，融合到石头池子里的一池黄水之中。水池铺的是公共厕所常见的那种六角形瓷砖。

忽然响起一阵蜂鸣，远处一张张房门开了又关，随后巴迪走了进来。

"爸爸，你好！"

巴迪拥抱父亲，又快步走向我，一脸可厌的喜色，伸出手来，我握住他的手，胖乎乎，潮乎乎。

威拉德先生和我坐进一只长皮沙发，巴迪坐到对面一把滑溜溜的扶手椅边缘。他不停地笑，就像有根无形的线在上提他的两边嘴角。

巴迪变得这么胖，大大出乎我的意料。每次想到疗养院里的他，我就想象他瘦得颧骨下面两个坑，眼睛从几乎无肉的眼窝往外鼓。

然而，巴迪身上所有的凹下去的部分突然全都凸了出来。紧绷绷的白尼龙衬衫下面大腹便便，双颊溜圆，红似杏仁糖，连笑声都变得丰盈。

巴迪迎上我的目光。"吃成这样的，"他说，"天天就叫我们胡吃海塞，还叫躺着别动。不过现在散步时间准许我出门走路了，别担心，过两礼拜我就能瘦下去。"他跳起身，开心主人般堆着笑脸。"想不想看看我房间？"

我跟着巴迪，威拉德先生跟着我，穿过一道玻璃结满霜花的旋转门，走下一条色调压抑的昏暗走廊，充满地板蜡、来苏水和另一种说不清的，像栀子花被揉碎的气味。

巴迪推开一张褐色的房门，我们依次走进狭窄的房间。

鼓鼓囊囊一张床，罩一条蓝色条纹、薄薄的白床罩，占据了屋子大部分空间。紧挨的是只床头桌，搁着一把水壶、一杯水、小瓶粉色消毒剂里探出一支体温计的银头。第二张桌子，堆满书籍纸张与一些不甚协调的陶土罐子——烧过，上过色，还没上釉——挤在床脚与衣橱门之间。

"唔，"威拉德先生小声说，"样子够舒服的。"

巴迪大笑。

"这是什么？"我拿起一只陶瓷烟灰碟，状如睡莲，阴暗的绿色底子上精心描画着黄色的线条。巴迪并不抽烟。

"烟灰碟，"巴迪回答，"给你做的。"

我放下碟子，说："我不抽烟。"

"知道，"巴迪说，"不过，我还以为你没准儿会喜欢呢。"

"得嘞，"威拉德先生抿一下两片薄嘴唇，"我看我该走啦，留下你们两个年轻人……"

"好的，爸爸。你走吧。"

我大吃一惊。原以为威拉德先生会过夜，第二天再开车送我回去的。"我也一起走吧？"

"不，不。"威拉德先生边说边从钱包里抽出几张钞票递给巴迪，"你负责给埃丝特买张火车票，要座位舒服的。她会待上一两天，没准儿。"巴迪送父亲到门口。

我觉得被威拉德先生抛弃了。他一定早有意图，但巴迪说不是。说他爸爸就是见不得病人的样子，尤其自己儿子生病，因为他认为一切疾病都是意志的毛病。威拉德先生一辈子从没病过。

我坐到巴迪的床上，因为没别的地方可以坐。巴迪郑重其事地翻着那堆纸，然后递给我一本薄薄的灰色杂志，说："看看第十一页。"

杂志是在缅因州的什么地方印的，满载用星号分割的模板印刷的诗歌与描述短文。第十一页上，我发现一首诗，题为《佛罗里达的黎明》。我跳过一个又一个意象——西瓜灯、龟绿棕榈树、五彩贝壳，堆砌如同希腊建筑碎片。

"不错。"其实我认为很糟。

"谁写的呀？"巴迪笑得古怪，一脸蠢相。

我目光落到那一页右下角的作者姓名上——B.S. 威拉德。

"不知道。"然后又说，"当然知道，巴迪，是你写的。"

巴迪侧身凑近。

我侧身避开。对肺结核我知之甚少，但似乎是种极为有害的疾病，因为病起来这么无影无形。我嘀咕，巴迪没准儿就坐在他自己的一小团杀人结核菌的气场中呢。

"别担心，"巴迪大笑，"我不是阳性。"

"什么阳性？"

"你不会被传染的。"

巴迪停下，吸了口气，像在攀登陡峭山峰时走到一半。

"我想问你一个问题。"他这种死死盯住我眼睛的新习惯，令人不安，就像目光非要穿透我脑袋，好分析里头的内容似的。

"我曾想过写信问你。"

我眼前闪过一只淡蓝色的信封，封口盖上还印着耶鲁大学的纹章。

"可后来觉得，等你来了，当面问更好。"他顿一顿，"咦，你不想知道是什么问题吗？"

"什么啊？"我声音很小，不带任何期许。

巴迪在我身边坐下，一只胳膊搂住我的腰，拨开我耳边的头发。我一动不动。听见他悄声道："你想不想成为威拉德太太？"

我顿时生出哈哈大笑的冲动。

我想到那长达五六年的，遥遥暗恋巴迪·威拉德的岁月当中，这个问题该会令我何等喜出望外。

巴迪看出我的迟疑。

"哦，我眼下身体还不行，这我知道，"他赶紧声明，"我还在使用抗结核药物，可能会失去一两根肋骨，但来年秋天我就能回医学院上课了。从这个春天算起，顶多一年工夫……"

"我想跟你说点事儿，巴迪。"

"我知道，"巴迪声音生硬，"你遇上别人了。"

"不，不是。"

"那是什么？"

"我打算永不结婚。"

"你疯了。"巴迪高兴起来，"你会改主意的。"

"不，我决心已定。"

但巴迪一味兴高采烈。

"记得吗，"我说，"看完滑稽戏的夜晚，你开车顺路送我回学校那次？"

"记得。"

"记不记得你问我最喜欢住在什么地方，乡下还是城里？"

"你的回答是……"

"我回答说，我既想住乡下也想住城里。"

巴迪点点头。

"而你，"我的声音里突然充满了力量，"当时哈哈大笑，说我是典型的神经病，说那个问题来自那星期的心理学课发的调查问卷，还记得吗？"

巴迪的笑脸一暗。

"唔，你说对了。我就是神经病。我永远无法安居乡下，也无法安居城里。"

"那你可以住在城乡之间哪,"巴迪这样提议,正中我下怀,"想进城时进城,想在村里时就留在村里。"

"哎,你说这有什么神经病的?"

巴迪不吭声。

"怎么不说话?"我厉声追问。对这些病人就不能宠爱,宠爱最糟糕,会把他们宠得不像话。

"嗯,确实没什么。"巴迪有气无力。

"神经病,哈!"我挖苦地放声大笑,"要是神经病就是同时想要非此即彼的两样东西,那我真是地道的神经病。这辈子剩下的时光,我都会在两件彼此矛盾的东西之间,不停地来回飞翔。"

巴迪把他的手放到我手上。

"让我和你一起飞吧。"

站在比萨嘎岭滑雪场的顶峰,我往下看。我不该爬那么高的,这辈子从没滑过雪。可我以为能趁机享受一番美景。

我左手,缆索正将一名又一名滑雪者带到白雪皑皑的峰顶,峰顶积雪被来来往往的滑雪者压实,再被午间阳光融化一层,结果又硬又光,玻璃似的。寒风紧逼我的肺和鼻腔,冰凉得让我看到幻象。

我周围全是身穿红夹克、蓝夹克、白夹克的滑雪者,他们飞速滑下炫目的山坡,活像一面美国国旗被撕成的碎片,四下飞散。山下,雪道尽头,那座仿原木小屋,正朝笼罩四野的寂静播放着流行歌曲。

少女峰往下看

从咱俩的小木屋……

轻快活泼的节奏轰响，穿透我的身体，如同一道看不见的小河流过大片雪漠。

我随便一个华丽姿势，就会被抛下雪坡，朝边线那个小小的卡其布点子冲过去，在旁观者当中的那个巴迪·威拉德。

整个上午巴迪都在教我如何滑雪。

巴迪先跟村里一个朋友借来滑雪板、滑雪杖，又向一位大夫借来他夫人的滑雪靴，比我的鞋码只大一号，还跟一名实习护士借来一件红夹克。他倔强的坚持令人吃惊。

当时，我想起巴迪在医学院获得的一项奖励，因为他以科学研究的名义，成功说服了最多数量的亡故病人的亲属，同意医学院解剖死者，不论有没有必要。不记得奖品是什么了，但记忆犹新的是，巴迪身穿白大衣，一截听诊器从衣兜里探了出来，活像他身体的一部分。他朝那些表情麻木、一言不发的亲属们，不断堆笑，不断鞠躬，倾心交谈，促使他们签署各种尸检手续的文件。

接下来，巴迪又跟他的主治大夫借了辆车，这位大夫自己也患过肺结核，善解人意。蜂鸣器响彻阳光照不到的疗养院长廊，散步时间到了，我俩开车启程，呼啸而去。

巴迪以前也没滑过雪，但他说基本要领很简单。而且，他常常观看滑雪教练教学生，所以自信教我没问题。

头半个小时里，我听话地滑着人字形，攀上一座小山坡，然后一推雪杖，笔直滑下去，巴迪似乎对我的进步很满意。

"埃丝特，很不错呀。"我第二十次通过小山坡时，他夸奖。

"现在咱们来试试给你挂上缆索。"

我在滑道上停住，脸蛋通红，气喘吁吁。

"巴迪，可是我还不会滑之字形呢。那些从山顶滑下来的人都会滑之字形。"

"哦，你只要升到半山腰，那冲力就不会太大了。"

然后巴迪陪我到缆索跟前，教我如何双手握住缆索，握紧手指头，升空。

我压根儿就没想到说不。

手指头握紧那根粗糙伤人，蛇一般蜿蜒滑行的缆索，我升了上去。

可是缆索带着我，一路摇摆，平衡，快速上升，想半山腰松手下来，根本没指望。我前头一个滑雪者，身后还有另一个，一旦松手，瞬间就会跌倒，绊在一堆滑雪板、滑雪杖里，我可不想惹乱子，就只好乖乖地挂在缆索上。

不过，到了山顶，我踟蹰不前了。

巴迪看到穿着红夹克的我犹豫不决。他挥舞双手，就像一架卡其布风车在扇打空气。接着我明白他打的手势，是说众多穿行滑雪者中间空出了一条道，我可以顺着道往下滑。可是我摆好姿势时，心中发慌，喉头发干，眼前，从我双脚通向他的那条光滑白道，一片模糊。

一名滑雪者打左边穿过这条道，另一名滑雪者打右边穿过这条道。另一片雪野上，巴迪的两只胳膊依然在无力地挥舞，如同天线，那儿挤满移动的滑雪者，身影小得像细菌，抑或弯腰弓背，像鲜艳夺目的惊叹号。

我眺望那片人影搅动，圆形剧场般热闹的地方，直至远方。

苍穹以巨大的灰眼回望着我，太阳迷雾缭绕，照耀着白色静默的远方，四面八方山峦层层叠叠，向前延伸，却故意在我的脚下停止不动。

心底有个声音在不断提醒我别犯傻——应该摘下滑雪板，在滑道边矮松树林的掩护下走下山去，好保住自己的小命——好似一只绝望的蚊子，快快飞逃。而滑下去可能送命的念头，冷静成形，如同一棵树或者一朵花。

目测一下巴迪与我之间的距离。

此刻，他抱住了胳膊肘，似乎与他身后的篱笆化为一体——褐色，迟钝，毫不要紧。

我一寸寸地挪到山顶，将雪杖尖头插入雪地，把自己一推，飞身而下，心里明白，这般飞速下滑，不论凭技巧，还是凭迟到的意志力，我都刹不住了。

我笔直瞄准前方。

一股隐藏已久的山风，尖利地迎面扑来，把我的头发刮得在脑后水平飞扬。我在下滑，可苍白的太阳并不见升高，就悬挂在山峦的波峰浪谷之上，这个没心没肺的枢轴，缺了它，世界便无法存在。

我体内的小小一点正在回应太阳，飞向太阳。我感到两肺灌满美景——空气、山峦、树木、人群。我心想："原来这就是快乐。"

我一路冲过之字形下滑的人群、同学、专家，冲过年复一年的掩饰、微笑、妥协，冲进自己的过去。

两侧的人群与树木飞快后退，犹如黝黑的隧道壁，我冲向隧道尽头那个一动不动的亮点，那块井底的发亮的卵石，那个母亲腹中白色的甜蜜小宝贝。

我的牙嘎吱咬了一嘴碎石。冰水渗入我的咽喉。

巴迪的面孔悬在我上方，近而大，活像一颗心慌意乱的星球。他后面还悬着别的许多面孔。他后面，黑色的小点点在白色的平面上聚集。似乎一位迟钝的魔法教母缓慢挥舞魔杖，一块接一块，熟悉的世界跳跃着，各就其位。

"你本来滑得好好的，"一个熟悉的声音在我耳边响起，"可那男的突然冲进了你的道。"

人们解开我的滑雪板，捡回我的滑雪杖。两根雪杖天各一方，歪歪斜斜，朝天撅在雪堆上。

巴迪俯身脱下我大一号的滑雪靴和几双填空的白色毛袜。他的胖手握住我的左脚，一寸寸顺着我的脚踝往上检查，捏捏戳戳，仿佛在寻找一件暗藏的武器。

白色的太阳心平气和，在高天闪耀。我多想在太阳上打磨自己，直到变得神圣，细薄，完美，恰似一片刀刃。

"我要上去，"我说，"我要上去再来一遍。"

"不，你不能。"

一种奇怪而满足的表情浮上巴迪的面孔。

"不，你不能，"他重复一遍，不容置疑地笑笑，"你的腿两处骨折。得打几个月石膏呢。"

第九章

"我真高兴他们要死了。"

希尔达猫似的拱起身子，将脑袋埋进搁在会议桌上的两臂之间，接着睡。额头上还沾着一绺胆绿色的小草，像只热带小鸟。

胆绿。这是秋季的主打色，只不过希尔达，与平素一样，总是超前半年。胆绿搭黑，胆绿搭白，胆绿搭至亲至爱的尼罗绿。

时尚广告，银光闪闪，内容空空，在我脑海里冒着鱼儿的泡泡。这些泡泡浮到表面，砰一响，踪影全无。

我真高兴他们要死了。

我骂自己运气不好，偏偏与希尔达同时到达酒店的咖啡厅。夜已深，脑筋迟钝，想不出什么借口折回自己房间去拿遗忘的手套、手绢、雨伞和笔记本。我的惩罚就是，得和她同路从亚马孙酒店结霜花的玻璃门，一直走到麦迪孙大街上杂志大楼前草莓红大理石板入口去，路长得要命，死气沉沉。

一路上希尔达都走得像个时装模特。

"这帽子好漂亮，你自己做的吗？"

我满以为希尔达会冲我发脾气说："你有病啊？"可她那天鹅般的长脖子，只是伸缩了一下。

"对呀。"

头天晚上我看了一场戏，戏中女主角被鬼魂附身，嘴里吐出的声音又空又深，简直辨不清是男是女。希尔达的声音酷似那个鬼魂。

她盯着自己在商店橱窗光滑玻璃中的倒影，一刻不放松，仿佛要确认正在忍受自己的存在。我俩之间的沉默愈发沉重，我都开始自责不已。

于是我挑起话题："卢森堡夫妇的事情多可怕啊！"那天晚上，卢森堡夫妇将被电刑处死。

"是啊！"希尔达说。我还以为在她心中那个挑绷子的游戏中终于碰到了一根人性的细线。硬是等我俩在朦胧晨曦中坟墓般死寂的会议室里，等候其他人到来时，她这才继续发挥她那一声"是啊"，道：

"让这种人活着多可怕。"

她随即打个呵欠，张开淡橙色的嘴，露出一个大黑洞。我着迷似的盯住她脸上那个隐蔽的洞穴，直到那两片嘴唇相遇，翕动，那鬼魂从藏身之处发出声音："我真高兴他们要死了……"

"来，给我们笑一个。"

我坐在杰伊·茜办公室粉色天鹅绒的双人椅上，手握一支纸玫瑰，面对杂志的摄影师。我是十二个人当中最后一个拍照的。原打算躲在卫生间不出来，但企图未遂，贝特西从隔间门下发现了我的脚。

我不乐意照相，因为想哭。不知为何想哭，但只要有人和我说话，或细看我一眼，泪水随时会从眼睛里喷薄而出，呜咽就会从喉咙里喷薄而出，我将号啕大哭整整一星期。我感觉泪水行将夺眶流下，就像盛得满满，又摇摇晃晃的杯中水洒出来一样。

杂志即将付印，这是我们回到塔尔萨，或比洛克西，或蒂耐克，或库斯湾，或其他地方之前的最后一轮摄影。按设想，我们应该手拿道具，象征自己想要的前程。

贝特西手持一穗玉米，表示她想做位农人的妻子；希尔达手持一只光脑袋没面孔的帽商用的模型，表示她想设计帽子；多琳手捧一袭绣金线的沙丽，表示她想去印度做一名社会工作者（她告诉我其实她才没兴趣，不过想捧一捧沙丽罢了）。

等他们问我想做什么时，我说不知道。

"噢，你一定知道的。"摄影师道。

杰伊·茜幽默地说："她什么都想做。"

我说想成为一名诗人。

他们就立刻东翻西找，想给我一件合适的道具。

杰伊·茜提议一本诗集，但摄影说不行，太露骨，应当是件能激发诗歌灵感的东西。最后，杰伊·茜从自己最新的那顶帽子上，取下那唯一的一朵长茎纸玫瑰花。

摄影师摆弄着白炽大灯："让我们看看，你写诗时有多快乐。"

我目光穿过杰伊·茜窗口那盆橡胶树毛茸茸的叶子，落到远处蔚蓝的天空上。几团做作的白云正在飘荡，从右到左。我盯住最大的那团云彩，仿佛，等它飘出视线时我也能走运，伴它一起远去。

我觉得唇线必须保持水平，至关重要。

"冲我们笑一笑。"

终于，我乖乖听话，犹如口技演员的假人，嘴角开始上翘。

"嘿！"摄影师忽有预感，不悦地嚷道，"你样子就像要哭嘛！"

我停不住。

我把脸埋入杰伊·茜双人座椅粉红的天鹅绒面子里，那鬼鬼祟祟，折磨人整上午的痛苦终于爆发，化作咸咸的泪水，滚滚成河，我放声大哭。

等我抬起头来，摄影师已无影无踪。杰伊·茜同样无影无踪。我感到浑身绵软，仿佛被所有人背叛，就像一只可怕动物蜕掉的一层皮。摆脱掉那只动物，大为轻松，但它似乎也掠走了我的精神，以及它爪子抓到的其他一切。

我在手袋里乱掏，找到那个盛着睫毛膏、睫毛刷、眼影、三支口红，一侧带镜子的镀金小粉盒。镜中那张脸就像在牢房里被暴打了一顿，透过铁格栅看着我。

我垂头丧气地往脸上涂脂抹粉。

好长一阵休息之后，杰伊·茜脚步轻快地走了回来，捧来一大堆稿件。

"这些能让你开心。"她说，"好好读读。"

每天早上，稿件都如同雪崩，铺天盖地，让小说编辑办公室里那些落满灰尘的稿件堆得更高。美国各地的人们一定是在书房里，阁楼上，学校教室里，埋头奋笔疾书。假设，每一分钟都有这位或那位急就一篇，每五分钟小说编辑案头就会增加五篇，每小时就是六十篇，你推我挤，掉落地上。那么每一年呢……

我笑了，空中仿佛飘飞着一份想象中的原稿，右上角打印着埃丝特·格林伍德的大名。在这家杂志实习一个月后，我已经向一位著名作家的暑期学校写作课提交申请。申请者必须交一篇小说稿，作家审读之后，再决定申请者够不够资格进他的培训班。

当然，这个班人数很少，而我早就提交了一篇小说，虽然尚未得到那位作家任何反馈，但我自信满满，觉得回家就会看到录取函。

我打算进这个写作班后，用假名投两篇稿，给杰伊·茜一个惊喜。有一天，小说编辑会走进她办公室，把稿子往她桌上咚地一搁，说："这两篇非同小可。"杰伊·茜看了就会同意，会打算发表，并邀请作者共进午餐，却发现原来就是我。

"说真的，"多琳说，"这人不一样。"

"跟我说说。"我口气冷淡。

"他从秘鲁来。"

"秘鲁净是些小矮子，"我说，"长得跟阿兹台克人一样丑。"

"不，不，不，亲爱的，我已见过他了。"

我们正坐在我床上一堆脏衣服上头——棉布裙、剐线的尼龙袜、灰色的内衣之类。多琳想拉我一起去一家乡村俱乐部的舞会，把我和莱尼的一个朋友的熟人撮合到一起，游说我足有十分钟，坚持说此人与莱尼的那群其他朋友大大不同，可我次日早晨得赶八点钟的火车回家，觉得该收拾行李才是。

　　而且我隐约感觉，要是彻夜在纽约街头踽踽独行，我身上终会沾染一些这座城市的神秘华彩。

　　但我决定放弃。

　　最后这些日子里，决心做任何事情都变得颇为艰难。终于决心动手做事，比如打点行李箱，结果只是把所有穿脏的贵重衣裳统统扔出衣橱、衣柜，摊到椅子上、床上、地板上，然后干坐着，瞪着它们，完全不知所措。这些衣裳似乎各有身份，顽固执拗，统统不愿被洗干净、折叠好、一一装箱。

　　"就怪这些衣裳，"我告诉多琳，"等我回来，看到这些衣裳怎么办？"

　　"这好办。"

　　多琳以其简单洒脱的大手笔，动手拣出套头衫、长袜、精致的无肩带弹簧钢丝乳罩——这胸罩是樱草花内衣公司的礼物，我一直不敢穿——最后，一件又一件，裁剪怪异，四十美元一条的裙子，悲哀地排排坐……

　　"嘿，把那条留下，我要穿。"

　　多琳从她手中那团衣服中抽出一件黑色的，朝我腿上一丢。然后把其余的衣裳拢成乱七八糟一大团，朝我床底下一塞，直塞到看不见。

　　多琳敲敲那张带金色门把手的绿门。

　　门内，拖脚走路声和一个男人的哈哈笑声突然中断。旋即，一个穿衬衫，留金发平头的高个儿男孩把门拉开一条缝，往外张望。

"宝贝儿！"他大叫一声。

多琳消失在他怀抱里。我觉得，这位想必就是莱尼认识的那人。

我一声不响站在门廊，身穿黑色紧身裙，披着那条带流苏的黑披肩，脸色显得更黄，也没什么期待了。"我就是来看看。"我告诫自己，目睹着多琳被这个金发男子带到房间内另一个男人面前，那人个子也高，但皮肤更黑，头发更长。他身穿洁白无瑕的白西服，配淡蓝衬衫，黄缎领结，闪亮的领带夹。

我目光舍不得离开那领带夹。

一道白光似乎从中飞射而出，照亮了整个房间。那光随即又收了回去，在一片金底上留下一滴露珠。

我一下一下，把一只脚挪到另一只脚前面。

"那是块钻石。"有人说，好多人大笑出声。

我指甲轻触一个光滑的切面。

"她头回看到钻石吧？"

"送给她吧，马科。"

马科鞠一躬，把那只领带夹放到我手心。

那钻石犹如一块来自天堂的冰块，光芒四射，炫目耀眼。我立刻给它塞进自己仿黑玉珠子的晚装手袋，环顾四周。那些面孔空空如也，好似一只只盘子，似乎没一个有呼吸。

"走运哪！"一只干燥生硬的手搂住了我的上臂。"今晚就由我来陪伴这位小姐。没准儿，"马科眼睛里的火星熄灭，变黑，"还能小小地伺候你一番……"

有人大笑。

"……能值这块钻石。"

那只搂我的手突然用力。

"哎哟！"

马科拿开他的手。我低头看看手臂，只见一个青紫的拇指印。马科盯住我看，又指指我手臂下侧。

我再一看，又发现四个模糊相称的手指印。

"你瞧，我是认真的。"

马科那稍纵即逝的诡笑，令我忆起在纽约布朗克斯动物园逗弄过的蛇。当时，我用手指头在结实的玻璃笼子上点了一下，里头那条蛇就立刻机械地张开大口，一副微笑的模样，但接着一下又一下，猛烈攻击那块隐形玻璃，直到我抬脚走开。

我还从没遇到过仇恨女人的男人。

看得出来，马科仇恨女人，因为那天晚上，尽管有众多模特儿和电视小明星在场，但他单单盯住我不放。并非出于善心或甚至好奇，就因为我恰好落到他手里，好比从一墩模样相同的纸牌中专打一张。

乡村俱乐部乐队的一个人走到麦克风跟前，开始摇动那种荚果响铃，这意味着将奏响南美乐曲。马科伸手邀我共舞，可我一动不动，接着喝自己的第四杯台克利鸡尾酒。

我以前从没喝过台克利鸡尾酒，现在喝是因为马科给我点的就是这个。谢天谢地，他没问过我想喝什么，我就可以不用开口说话，只管一杯接一杯地喝下去。

马科看着我。

"不。"我说。

"你什么意思，不？"

"这种音乐我跳不来。"

"别傻啦。"

"我想坐在这儿喝完我的酒。"

马科俯身向我，一脸狠笑，挥手一扫，我的酒杯就飞了起来，落在一盆棕榈树上。然后他一把抓住我的手，使我只有两种选择，要么跟他跳舞，要么胳膊被拉断。

"这是一曲探戈。"马科左右着我加入跳舞的人们，"我喜欢探戈。"

"我不会跳舞。"

"你不用跳，我跳就好。"

马科一只胳膊搂住我的腰，一把将我拉得紧贴他耀眼的白西服。然后吩咐："你就装作落水快被淹死好了。"

我闭上双眼，音乐轰然响起，暴风雨般把我淹没。马科的一条腿向前滑，贴住我的一条腿，我的腿再向后滑。我觉得自己好像被铆在了他身上，腿贴腿，他动我就跟着动，完全丧失意志与意识。过了一会儿，我想："跳舞用不着两个人，一个人就行了。"我听任自己前仰后合，摇摆如同风中的一棵树。

"怎么跟你说的啦？"马科的气息灼烤着我的耳朵，"你跳得相当好。"

我开始明白仇恨女人的男人为何能把女人玩弄在手掌心。他们就像神一般无懈可击，法力无边。他们降临，然后消失，你永远抓不住他们。

南美舞曲之后，中场休息。

马科拉着我穿过落地长窗，走进花园。灯光与人声从舞场窗户溢了出来，但数米之遥，暗夜便如同壁垒，将灯光与人声阻隔开来。微微星光，树木鲜花，洒下它们凉爽的芬芳。没有月亮。

黄杨树篱在我们身后合拢。阒无人迹的高尔夫球场，朝着远处小山似的几丛树木伸展，我感觉这整个荒凉场景似曾相识——这家乡村俱乐部、这场舞以及草坪上一只孤独的板球。

不知自己身在何方，但一定是在纽约某个有钱人住的郊区。

马科掏出一支细长雪茄盒一只子弹形状的银打火机。他把雪茄叼到唇间，弯腰对火。他的面孔被暗影和火光放大，扭曲而痛苦，酷似一个难民。

我注视着他。

"你爱上谁了？"我于是问。

一时间马科沉默无语，只是张开嘴，吐出一个蓝雾般的烟圈。

"完美！"他哈哈大笑。

暗夜中，那烟圈变大，变模糊，幽灵般黯淡。

这时他回答："爱上我表妹了。"

我毫不奇怪。

"干吗不跟她结婚？"

"不可能。"

"为什么？"

马科耸耸肩："她是我嫡亲表妹，她要出家当修女。"

"她很漂亮吧？"

"无人可比。"

"她知道你爱她吗？"

"当然。"

我一时语塞。这种障碍在我看来不真实。

"你要是爱上她，"我说，"有一天也会爱上别人的。"

马科将雪茄用脚踏碎。

地面突然腾起，给我软软的一击。泥水在我指间扭动。马科等着我半爬起身来，然后双手按住我的肩膀，往后一推。

"我的裙子……"

"你的裙子！"泥水冒上来，渗透到我肩胛。"你的裙子！"马科的脸阴森森逼近我的脸，几滴唾沫落到我嘴上。

"你的裙子是黑的，泥巴也是黑的。"

说完他就扑了下来，仿佛要把他的身体透过我的身体，一直碾入泥水里。

"事情发生了。"我心想，"正在发生呢。要是我躺在这儿不动，就一定会发生。"

马科一口咬住我的肩带，把我的紧身衣一直撕下到腰际。我看到赤裸的皮肤发出微光，如同一层惨白的面纱，分隔两个你死我活的对手。

"婊子！"

这话在我耳朵里咝咝响。

"婊子！"

尘埃落定，我看清了这场较量的全局。

我开始扭动撕咬。

马科重重地把我压倒在地。

"婊子！"

我用尖尖的鞋跟狠踢他的腿，他抬身去摸痛处。

我立刻握紧拳头对准他鼻子一击，就像打在战舰的钢板上。马科坐起身来。我放声大哭。

马科抽出一方白手帕，擦着鼻子。黑的东西，像墨水，在白手帕上洇开。

我吸着自己咸味的指关节。

"我要多琳。"

马科气哼哼眺望高尔夫球场。

"我要多琳。我要回家。"

"婊子，全是婊子！"马科似乎自言自语，"情愿不情愿，都是一路货。"

我戳戳马科的肩膀。"多琳在哪儿？"

马科鼻子直哼哼："去停车场吧。瞧瞧所有汽车后座。"

然后他转过身。

"还我的钻石。"

我爬起来，从地上拾起披肩，抬脚走开。马科跳起来挡住我的路。然后故意用指头抹一把流血的鼻子，往我脸上划了两道血印。

"我用钻石换来了这。把钻石还我。"

"我不知道在哪儿。"

其实我很清楚，那钻石就在我晚装手袋里，马科把我推倒在地时，那手袋就飞上天空，如同一只夜鸟，飞入环绕我们的黑夜。我开始动念，可以把他骗走，然后自己回来找。

我不知道那么大的钻石值多少钱，但肯定价值不菲。马科双手抓住我双肩。"告诉我，"他字字咬牙切齿，"告诉我，不然就拧断你的脖子。"我突然变得无所谓。

"就在我那个仿黑玉珠子的手袋里，"我说，"泥地里找去吧。"

我丢下马科。他手脚并用，到处摸索。夜色深沉，藏起了我的黑色手包，那块钻石的光亮逃开了他愤怒的双眼。

多琳不在舞场，也不在停车场。我走在黑影的边缘，所以没人注意到我裙子和鞋子上粘住的草叶，我用我的黑色披肩裹住赤裸的肩膀与胸膛。

运气的是，舞会已接近尾声，人们三三两两，正动身走向或走出停放的汽车。我一辆接一辆地问，终于找到一辆车还有地方，可以把我带到曼哈顿区中心。

黑夜与黎明相接的朦胧时分，亚马孙酒店顶楼的阳台空无一人。

身穿那件矢车菊图案的浴袍，我悄无声息，破门盗贼般爬到了阳台的护墙边缘。护墙足有我肩膀高，我只好从靠墙那摞折叠椅中拖过一把，打开来，晃晃悠悠站了上去。

风猎猎地吹，掀起我的头发。脚下，这座城市在睡梦中熄灭了它的灯光，座座高楼大厦变得黑黢黢，犹如将举行一场葬礼。

这是我在纽约的最后一夜。

我抓住随身抱着的那包衣裳，动手拽一条浅色的尾巴。一件无肩带的弹力紧身衣已被穿得没弹力，掉到手里。我摇动着它，就像摇动一面停战旗，一下，两下……风儿抓住了它，我松手，任它飞去。

一片白色的雪花飞入夜空，开始缓缓降落。不知它会落在哪条街道，哪座屋顶，停下来休息。

我再拽那包衣裳。

风儿努了一把力，但不成功，一片状如蝙蝠的黑影，向对面公寓的顶楼花园落去。

一件又一件，我把自己的衣裳抛向夜风，洋洋洒洒，犹如爱人的骨灰，那些灰溜溜的衣裙飘然而去，四下坠落，确切落点我永远不得而知，统统落入纽约城黑暗的心脏里。

第十章

镜中人活像个病快快的印第安人。

我把小镜子丢进手包，凝望车窗外。

康涅狄格州众多的沼泽与偏僻大地一闪而过，好似一座巨大的垃圾场，破败的碎片互不相连。

世界真乃一口大染缸！

我低头看看身上陌生的裙子和衬衫。

裙子是条绿色紧身连衣裙，挤满小小的黑白与靛蓝色图案，裙摆张开，活像灯伞。而白色网眼无袖衬衫的肩膀上还耷拉着褶边，有如小天使的翅膀。

听任衣服飞向纽约夜空时忘记留下两件白天可穿的，所以贝特西用她的一件衬衫、一条裙子换走了我的矢车菊浴袍。

车窗上映射着苍白的我自己，白翅膀，棕色马尾辫及其他种种，幽灵般漂浮在窗外的风景上。

"没心没肺的女牛仔！"我大声说。

对面座位上的女人从杂志上抬头看了我一眼。

最后时刻，我不想洗掉脸上横贯成对角线的血迹。这血迹激动人心，而且相当壮观，我要带着到处跑，像带着死去情人的遗物，直到它们自己慢慢消退。

当然咯，要是我笑得多一点，或者面部肌肉动得多一点，这些血痂很快就会脱落，所以我就要让我的脸纹丝不动，说话也只好从牙缝往外挤，不能惊动嘴唇。

真不明白人们为何都看着我。

多少人模样比我奇怪得多呢。

我那只灰色的箱子就在我头上的行李架上，空空如也，除了那本《年度最佳三十部短篇小说》、一只白色塑料的墨镜盒，还有两个牛油果，多琳给的送行礼物。

鳄梨还没熟，还能放些日子坏不了。不论何时，我把这箱子拎起来、放下去或拎着走，这两个鳄梨就猛然从这头滚到那头，发出自己小小的雷鸣声。

"128 号线！"列车员大喊。

松树、枫树和橡树耸立，窗外的荒原已被驯化，滚动着慢慢停下，映在列车窗框上，酷似一幅难看的图画。我走过长长的车厢通道，箱子里的东西相互碰撞，怨声载道。

从带空调的列车分隔间踏上站台，郊区慈母般的空气一把抱住了我，是草地洒水器、越野车、网球拍、狗狗还有宝宝的味道。

夏日宁静的手抚慰着一切，犹如死亡。

我妈在那辆雪弗兰旁边等着我。

"咦，宝贝儿，你的脸怎么啦？"

"划破了。"我简单一句，提着箱子钻进车后座，才不想回家一路上被她老瞪着。

车中内饰光滑干净。

我妈坐到方向盘后面，朝我腿上扔过几封信，转回身去。

车子轰隆隆发动启程。

"我觉得还是立马告诉你的好，"我妈说，从她脖子的姿势我看得出来不是好消息，"那个写作班没要你。"

我肚子猛挨一记，透不过气来。

整个六月，那写作班都在我眼前舒展，如同一座光明安全的桥梁，跨越夏天乏味的鸿沟。可如今我眼看这座桥摇晃崩塌，一具白衬衣、绿裙子的尸体一头栽到沟里去。

这时，我酸涩地扭动着嘴唇。

早料到了。

脊梁骨偷偷往下沉，鼻子和车窗边缘对齐，望着波士顿郊区的座座房屋一闪而过，房屋逐渐变得熟悉，我便坐得更低。

不被人认出来乃当务之急。

灰色衬里的车顶罩在我头上，好似囚车车顶。那一座座带护墙板的房子，一模一样，闪着白光，间隔着一块块修剪齐整的绿草地，就像一根接一根的铁栏杆，构成怎么也逃不出去的牢笼。

我还从没在这个郊区度过暑假。

童车轮子女高音似的吱吱尖叫，折磨着耳朵。阳光穿透百叶帘，暴烈地照亮了卧室。不知自己昏睡了多久，但觉一阵筋疲力尽的痉挛。

旁边的床铺没人，也没整理。

七点钟曾听到妈妈起床，轻手轻脚穿衣服，出了房间。接着是楼下榨汁机嗡嗡地转，咖啡与培根的香味儿从门缝渗进来。然后是洗碗池水龙头在放水，盘碟叮当响，我妈正在擦干它们，放回橱柜。

再后来，前门打开又关上。汽车引擎轰隆轰隆，嘎吱嘎吱滑出碎石道，渐渐远去无声。我妈在教许多大学女生速写和打字，不到下午过去一半回不来。

童车轮子再次尖叫着路过，看来有人在我家窗户底下来来回回推娃娃呢。

我从床上溜到地毯上，手脚并用，轻轻爬到窗前看看到底是谁。

我家白色护墙板的小房子，坐落在两条郊区街道拐角处的一小片绿草地上，虽然间隔有序地环绕着一棵棵小小的枫树，但任何从旁经过的路人瞟一眼二楼，都能对里头发生的事一目了然。

这还是我家隔壁邻居叫我明白的，那个心怀叵测的奥克登太太。

奥克登太太是个退休护士，刚把自己嫁给了第三任丈夫——前面两任均死得不明不白——她从自家浆过的白窗帘后头窥探他人，花的时间超乎想象。

她已经两次给我妈打电话告密——先说我坐在家门口整一小时，在街灯下亲吻一名坐在普利茅斯牌豪车里的男人，又说我应当拉下卧室的百叶帘，说有天晚上她碰巧出门，遛她家的苏格兰小猎狗，看到我身体半裸，正要上床睡觉。

趴在地上，我小心翼翼抬起头，把眼睛与窗台对齐。

只见一个女人，身高不足五英尺，挺着个荒唐的大肚子，正推一辆破旧的黑色童车在街上走，后头还跟着两三个高矮不同，胖瘦不一的小人儿，个个面带菜色，邋里邋遢，光着脏兮兮的膝盖，摇摇晃晃地走路。

一种宁静到简直虔诚的笑容，照亮那女人的面孔。她脑袋快活地后仰，活像一只麻雀蛋立在一颗鸭蛋上，向着阳光傻傻高兴。

这女人我知道。

她叫多多·康维。

多多·康维是个天主教徒，曾在巴纳德学院①读书，嫁了一个建筑师，而他上的是哥伦比亚大学，也是天主教徒。他家的大房子四下铺开，位于这条街我家的上首，在一大片面目可憎的松树后面，被滑板车、三轮脚踏车、玩具娃娃车、玩具救火车、棒球棒、羽毛球网、槌球门、仓鼠笼子、可卡犬崽子——郊区孩子们杂七杂八的全套玩意儿包围着。

我身不由己地对多多感兴趣。

她家房子跟我们这个街区别家的完全不同。体积大得多。颜色上，二楼是深褐色护墙板，一楼是灰水泥，还缀满灰色和紫色的高尔夫球大小的石头。而且那片松树把房子遮挡严实，这在我们家家篱笆齐腰，草坪相连的友好小区被认为落落寡合。

多多一手带大六个孩子——毫无疑问还会有第七个，仅仅凭着赖斯克里斯牌甜饼、花生酱加棉花糖三明治、香草冰淇淋、一加仑又一加仑的胡茨牌牛奶。当地牛奶商给她特殊折扣。

---

① 巴纳德学院（Barnard College）：美国纽约的一所私立女子文理学院，七姐妹学院之一。创建于1889年，1900年起并入哥伦比亚大学。

　　大家都喜欢多多，尽管对她庞大的家庭指手画脚。周围年长些的人家，比如我妈，生了两个孩子；年轻些的又比较富裕的人家，有四个孩子。可除了多多，没有谁将要生下第七个娃，六个都嫌多。可人们又说，那当然啦，多多是天主教徒嘛。

　　我望着多多把康维家最小的孩子推过来，推过去。她这么做像是故意冲着我来的。小孩子让我讨嫌。

　　有块地板吱一响，我连忙缩头，恰逢多多·康维出于本能，或什么超自然的听觉，头颅在她脖子的小枢轴上一转，和我对视上了。

　　我感到她的凝视穿透了白墙板、粉色墙纸的玫瑰花，发现了我，发现了我趴到银色的暖气片后面。

　　我手脚并用，爬回床上，拉被单蒙住脑袋。可这也挡不住光亮，于是我就把头埋在枕头底下的黑暗中，假装这是夜晚。干吗要起床。反正没什么可期待的。

　　过了一会儿，听到楼下厅堂里电话铃响。我用枕头捂住耳朵，再给自己五分钟。然后从避难处探出头来，铃不响了。

　　但铃声立刻再次响起。

　　我一面诅咒不管是哪个朋友、亲戚还是陌生人，鼻子真尖，居然嗅出我回家了，一面光着脚丫下楼去。厅堂桌上黑色的话机一遍又一遍，歇斯底里发颤音，好似一只小鸟在发神经。我拿起话筒，故意压低嗓音："喂？""喂，埃丝特，怎么回事，你害咽喉炎哪？"原来是老朋友乔迪从剑桥打来的。乔迪那个暑假在合作社打工，午休时间修社会学。还和另外两个女孩一道，从四名哈佛大学法律系学生手里合租了一套大公寓，我原打算写作班开始就去和她们一起住。

乔迪想知道我什么时候可以过去。

"我不来了，"我告诉她，"我没考上。"

一个小停顿。

"他是头蠢驴。"乔迪随即骂道，"瞎了眼，根本看不出好文章。"

"深有同感。"我觉得自己的声音听起来如此陌生而空洞。

"来吧，选别的课呗。"

学学德语或者变态心理学的念头从脑际一闪而过。

毕竟，纽约挣的钱我几乎都存了下来，所以刚刚够。

可是那个空洞的声音回答："我想还是算了。"

"好吧，"乔迪说，"还有个女孩想跟我们一起住，要是有谁不来的话……"

"那好，你问她去吧。"

刚挂断电话我就后悔，真该说我会来的。明天早晨再听一遍多多·康维的童车唧唧叫我会疯掉。而且我一直恪守着，和妈同住一个屋檐下，决不超过一星期。

我伸手去拿话筒。

手伸过去几英寸，又缩了回来，软绵绵落下。我又强迫它伸过去，可它再次落下，就像撞上了一块玻璃。

我转身进餐厅。

桌上支着两封信，一封是来自暑期学校的长长信封的公函，另一封是用剩的淡蓝色耶鲁大学薄信笺，是巴迪·威拉德清晰的笔迹。

我用一把刀子剖开暑期学校的公函。

公函说，鉴于写作课未接受我，我还可以选修别的课，但当日上午必须致电招生处，否则就晚了，因为其他课程的注册也行将报满。

我拨通招生处的电话，听着自己那僵尸般的声音留言道："埃丝特·格林伍德小姐取消就读暑期学校的一切安排。"

随后，我打开巴迪·威拉德的来信。

巴迪写道，他可能恋上了一位护士，她也患了肺结核，但他妈妈已经在阿迪朗达克山中租下一幢小屋，用来度过七月盛暑，要是我愿意和他妈妈一道去，他也许会发现自己对那护士不过一时昏头。

我抓过一支铅笔，把巴迪写的话给涂掉，将信纸翻到背面，写上我已经与一位同传翻译订婚，再也不要和巴迪见面，我的孩子才不能有个伪君子的父亲。

把这信塞回信封，用胶条粘好，写上发回原址，也没再贴新邮票，心想我这封回信绝对值了三美分的邮票钱。

接下来，我决定把暑假用来写小说。

那就能堵住很多人的嘴。

我信步走进厨房，往一茶杯生牛肉馅里敲了一只生鸡蛋，搅和搅和，吞到肚里。然后在房子与车库之间的带纱门的穿堂里，支起了折叠式牌桌。

一大丛随风摇曳的山梅花遮挡了前门临街的视线，屋墙和车库墙护住两侧，一簇白桦与黄杨篱笆从后面堵住了奥克登太太的窥探。

壁橱里我从妈妈的存货中数出三百五十张道林纸，藏到一堆旧法兰绒帽子、衣服刷子、羊毛围巾下面。

回到穿堂，我把第一张洁白无瑕的道林纸插入手提打字机，卷到位。

从另一个，遥远的脑海，我看到自己坐在穿堂里，四周环绕着两道白墙、一丛山梅花、一簇白桦和黄杨，小小的，就像《玩偶之家》里的洋娃娃。

心头涨满丝丝柔情。我小说的女主人公就是我自己，只不过乔装打扮而已。她要叫作伊莱恩。伊莱恩。我手指数着这名字的字母。埃丝特也是六个字母。貌似运气不错。

> 伊莱恩身穿一件她母亲的黄色旧睡袍，坐在穿堂里，期待奇迹发生。这是七月里一个热得发昏的早晨，汗水从她背上流下，一滴一滴，活像行动迟缓的昆虫。

我往后一靠，读一遍自己写的东西。

好像够生动的，描写汗滴活像昆虫的那句我相当得意，只不过模糊感觉很久以前在哪本书里读到过。

就那么坐了个把小时，绞尽脑汁琢磨往下该写什么。脑子里那个光着脚丫，穿着妈妈黄色旧睡袍的洋娃娃也傻坐着，茫然瞪着前方。

"咦，宝贝儿，还不想换衣服吗？"

我妈够留神的，从不吩咐我做任何事，只是和和气气讲道理，就像一个聪明成熟的人对待另一个聪明成熟的人。

"都快下午三点啦。"

"我在写小说呢，"我说，"哪有时间脱这件，换那件的。"

我在穿堂的长沙发上躺下，闭上眼睛。听得见妈妈在清理打字机和牌桌上的纸张，然后为晚饭摆上餐具，可我偏不动。

惰性犹如糖浆，从伊莱恩的四肢缓缓渗出。得了疟疾一定就是那种感觉，她想。

无论如何，一天能写完一页就很运气了。

我明白问题所在了。

我需要阅历呀。

我从没有过风流韵事，没生过孩子，甚至连死亡都没见识过，如何描写生活？认识的一个女孩完成了一篇短篇小说，描写她在非洲俾格米人中的冒险，刚夺得一个奖项。我怎么敢与那种冒险一争高下？

晚饭吃完时，我妈已成功说服我利用晚上学速记。一箭双雕，既完成了小说，又学会一种实用技能，而且还省下一大笔钱。

当天晚上，我妈就从地下室找出一块旧黑板，支在穿堂里，用白粉笔写上小小的花体字，我呢，坐在椅子上旁观。

开头觉得有希望。

我以为自己很快就能学会速记，等学校奖学金办公室那个一脸雀斑的女士质问我，七、八月份为何不跟其他拿奖学金的女孩子一样打工挣钱时，我可以告诉她，我修了免费速记课，这样毕业后就可以立刻养活自己。

可惜，我刚试图想象自己干着某种工作，轻快地用速记法写下一行又一行，大脑立即一片空白。需要用速记的工作，我统统不愿意干。我坐在那儿看啊，看啊，那些白粉笔花体字变得模糊迷离、毫无意义。

我告诉妈妈头很疼，得上床睡觉去。

一小时后，房门慢慢打开，妈溜进卧室。听得见她窸窸窣窣脱衣裳。她爬上床，呼吸渐渐变得缓慢而规律。

街灯的灯光透进了拉上的百叶帘，昏昏之中，我看得见她头上的卷发棒在闪亮，活像一排排小刺刀。

我决定推迟写小说，等我到了欧洲，有了恋人再说。再就是绝不学一个字的速记。只要不学速记，就绝不会使用速记。

我想暑假可以用来啃《芬尼根守灵夜》[1]，起草毕业论文。

那样的话，等九月份学校开学，我早遥遥领先，可以逍遥自在地度过最后一个学年，而用不着跟那些修高级课程[2]的大四女生一样拼命用功。她们大多不化妆，不洗头，只靠咖啡和苯丙胺[3]活下去，直到完成毕业论文。

可转念一想，也可以推迟一年毕业，去跟陶艺师傅当当学徒。

或者去德国打工，当个女招待，直到德语流利自如。

一个又一个计划跃入脑海，活像一大家兔子在发疯。

我看见自己人生的每一年，状若一排被电线连接起的电线杆子，沿着道路一字排开。我数着，一、二、三……十九根，可之后那些电线悬在空中乱晃，无论我怎么努力，第十九根后头再也看不到下一根电线杆了。

---

① 《芬尼根守灵夜》(Finnegans Wake)：是爱尔兰作家乔伊斯最后一部长篇小说，这是一部融合神话、民谣与写实情节的小说，晦涩难懂。
② 高级课程（honors）：美国大学专为优秀生开设的研究型课程。
③ 苯丙胺（Benzedrine）：一种兴奋剂。

卧室墙面的蓝色逐渐显露出来，我纳闷夜晚怎么就过完了。我妈也不再是一根朦朦胧胧的圆木头，化作一个熟睡的中年妇女。她的嘴巴微微张开，喉咙释放着鼾声，猪似的噪音令人烦躁。有一阵子，我觉得让这噪音停止的唯一办法，就是掐住那皮肤和肌肉构成的圆柱，双手一拧噪音的根源，叫它沉默。

我装作睡着了，直到我妈离家去学校。可是连眼皮也挡不住阳光。眼皮内，毛细血管交织成通红鲜活的屏幕，挂在我眼前，酷似伤口。我爬进床垫与充填的床架之间，让床垫墓碑一般横压在我身上，那地方黑暗安全，可惜床垫不够重。

需要再压上一吨的重量我才睡得着。

大河奔腾不息，流经夏娃与亚当之家，从起伏的海岸，流到凹进的海湾，再沿着宽敞的乡镇，蜿蜒往复，将我们带回到豪斯城堡与郊区。①

这本大厚书让我的胃空洼洼不舒服。

大河奔腾不息，流经夏娃与亚当之家……

我想这段话开头的小写字母意味着，万物初始并非全都崭新锃亮，全都用大写字母开头，而是从它之前的地方继续向前流淌。夏娃与亚当之家就等于亚当与夏娃之家，天经地义，不过这也许还象

---

① 此段话摘自爱尔兰作家詹姆斯·乔伊斯的名著《芬尼根守灵夜》开场白。

征着别的东西。

许是都柏林的一家酒馆。

我的目光沉降在由众多字母组成的一道字母表汤里，一直落到页面正中那个极冗长的单词。

bababadalgharaghtakammmarronnkonnbronntonnerronntt
ionnthunntrovarrhounawnskawntoohoohoordenenthurnuk！

我数数这些字母。恰好一百个。觉得这一定至关重要。

为何有一百个字母呢？

结结巴巴，我费力地大声读出这个单词。

这听起来就好比重重一块大木头，跌下楼梯，砰、砰、砰，一级接一级，跌下去。掀开这本大厚书的书页，由着它们在眼前慢慢地，扇形地落下。那么多单词，模糊熟悉，却扭曲难看，活像哈哈镜中的那些面孔，一掠而过，在我光滑的大脑皮层上不留一丝痕迹。

我眯眼端详那些书页。

书中的那些字母开始长出尖钩子和弯羊角。我眼看它们傻头傻脑，互相分离，上下抖动。接着又相互联结，变成无法解读，无法识别的美妙一堆，酷似阿拉伯文或汉文。

我决定放弃毕业论文。

我决定放弃整个高级课程，就做一名普通的英语专业学生。我查对了学校对普通英语专业学生的修课要求。

要求太多了，我连一半都还不曾修完。其中还有门关于十八世纪的课。我连十八世纪这个字眼儿都讨厌，一群自鸣得意的男人，写些紧凑精致的小双行诗，死命追求理性。所以我没选。参加高级课程的学生有权这么做，自由得多。我太自由啦，把多数时间都用来研读狄兰·托马斯①。

我有个朋友，也在修高级课程，想方设法逃过了莎士比亚，一个字也没读，但她对《四个四重奏》②却了如指掌。

我发现企图从自由的学制，转入更严格的学制，非但不可能，而且丢人现眼。于是我再转而查对我妈任教的城市学院，看看该校对英语专业学生的要求。

结果更糟。

你得修古英文、英语史，还得修自《贝奥尔夫》③开始，直至当今的代表作选读。

这真令我大吃一惊，我向来瞧不起我妈那个学院，因为男女合校，还挤满了得不到奖学金，进不了那些东部牛校的人。

现在我才明白，我妈学校最蠢的学生也比我懂得多。

我明白人家根本连门都不会让我进，更别提给我同样优厚的一份奖学金了。

我看自己最好先打一年工，把事情想想清楚。也许还可以悄悄地自学十八世纪那门课。

可我连速记都不会，我能干什么？

---

① 狄兰·托马斯（Dylan Thomas, 1914—1953）：英国著名诗人，作家。
② 《四个四重奏》（Four Quartets）：诺贝尔文学奖得主美国诗人 T.S.艾略特的名作。
③ 《贝奥尔夫》（Beowulf）：英国文学史上最古老的一首英雄叙事诗，约3000多行，成于公元750年左右。

我可以当个女招待或者打字员。

但这两样我都无法忍受。

"你说还想要更多安眠药？"

"对。"

"可我上星期给你的够厉害了。"

"已经没效了。"

特丽萨乌黑的大眼睛端详着我，若有所思。我听见诊疗室窗户下面花园里，她家三个孩子闹出响动。我利比姨妈曾嫁过一个意大利人，特丽萨是我姨妈的妯娌，我们的家庭医生。

我喜欢特丽萨。她温柔有灵气。

我想这一定因为她是意大利人的缘故。

短暂的停顿。

"你觉得自己怎么了？"特丽萨然后问。

"我没法睡觉，没法看书。"我努力说得平和冷静，但那具僵尸从我喉咙里一跃而出，呛住了我。我把双手翻成手心朝上。

"我看哪，"特丽萨从处方笺撕下一绺白纸，写下一个姓名和地址，"你最好去看看我认识的另一位大夫。他比我更能帮你。"

我瞟一眼她写的东西，可看不明白。

"戈登大夫，"特丽萨说，"他是位精神病专家。"

第十一章

戈登大夫的诊室悄无声息，满眼米黄色。

墙壁米黄色，地毯米黄色，软垫椅子米黄色，沙发米黄色。四面墙上没挂镜子或图画，只有不同学校颁发的证书，拉丁文写着戈登大夫的大名。茶几、咖啡台、期刊桌上，摆满蕨类和颜色更绿的带刺植物，呆头呆脑。

起先我还奇怪这屋子为何令人感觉如此安全，很快就明白是因为没有窗户。

空调叫人凉得打战。

我身上还穿着贝特西的白衬衫与紧身连衣裙。这身衣裳有点儿垮了，因为在家三星期我都没洗过，浸透汗水的棉布一股酸酸的友好气味儿。

我三星期没洗过头。

我七天没睡着。

我妈跟我说，我肯定睡着过，那么长时间不可能从没睡着过，可是就算我睡过觉，眼睛也睁得溜圆，因为整整七个夜晚，我目光一直跟着床头柜上那只小钟发亮的秒针、分针和时针转圆圈和半圆圈，一秒钟、一分钟、一小时，未曾错过。

我不洗衣裳，不洗头，因为这么做好像太傻。

我眼看着一年的日子在面前伸展，如同一大溜明亮的白盒子，分隔一只只盒子的是睡眠，犹如一片黑色的阴影。只不过我而言，那分隔一只只相邻盒子的长长阴影突然砰地消失，于是我眼前就只剩下日复一日的白昼，刺眼地发亮，犹如一条宽广、孤寂的白色大道，无穷无尽。

头一天刚洗过，第二天又得洗，好像太蠢。

想想都觉得累。

我凡事都想一劳永逸，彻底了结。

戈登大夫转动着一支银色的铅笔。

"你母亲跟我说你心烦意乱。"

我深深陷入皮沙发，目光越过擦得锃亮的大写字台，对着戈登大夫。

戈登大夫在等待。他用铅笔——嘟、嘟、嘟——在他绿色的记录本上来回敲。

他的眼睫毛好长好密，像假的，黑色塑料芦苇丛一般，环绕着两潭池水，绿幽幽，冰凉凉。

戈登大夫的五官这么完美，简直漂亮得像个女人。

踏入这道门那一刻，我就讨厌他。

我的想象中，医生该是一位和善、丑陋、机敏的男人，他抬起头来，"啊"地叫一声，能给人鼓舞，好比他能看到我看不到的东西，那样的话我就能找到言辞，告诉他我有多么害怕，就像正在被越来越深地塞入一只不透气的黑麻袋，尢路叮逃。

然后他就会朝椅背上一靠，十个指尖相顶，做出一只小尖塔，告诉我，我为何睡不着觉、读不进书、吃不下饭，人们做的一切事情为何看起来如此愚蠢，因为到头来他们只会死。

接下来，我原以为，他就会帮我，一步，一步，恢复自我。

可是戈登大夫根本不是那么回事儿。他年轻，英俊，而且我一眼就看穿他还很自负。

戈登大夫书桌上有张照片，嵌入一只银相框，一半对着他，一半对着我的皮沙发。是张家人合影，一位黑发美人儿，没准儿是戈登大夫的妹妹，在两个金发孩子的头顶笑逐颜开。

我猜一个是男孩，一个是女孩，但也许两个都是男孩或者都是女孩，孩子太小，说不清。我想照片里还有条狗，在相框底部——是条万能埂或金毛犬——但也许只是女人裙子上的图案罢了。

不知为何，这照片令我怒火中烧。

真不明白照片为何半对着我，除非戈登大夫想立刻叫我明白，他已娶了位魅力四射的女人为妻，我最好不要有非分之想。

接着我就想，这么个戈登大夫如何能帮得上我，有这么个漂亮太太，两个漂亮孩子，还有条漂亮狗，犹如圣诞卡上的天使，围绕他的身旁？

"你能不能试着跟我说说，你觉得哪里不对劲。"

我翻来覆去，琢磨字眼儿，就像摆弄一把被海水抛光的圆石子儿，仿佛它们会突如其来生出一只利爪，摇身变成别的东西。

我觉得自己什么地方不对劲？

这听来好像没有什么当真不对劲，一切不过是我自己凭空想出来的。

我的声音迟钝，呆板——表示我并未被他的漂亮相貌和家人照片所迷惑——我告诉戈登大夫自己睡不着觉、吃不下饭、读不进书。没说那个写不成字的事，这事才最让我揪心。

那天早上我曾试图给多琳写封信，她远在西弗吉尼亚州。我打算问问她我可不可以去她那儿和她住，没准儿能在她就读的学校找份工，端盘子或干别的。

可是捉起笔，写出的字母又大又歪，就像小孩的笔迹，而且线条在信笺上一路下滑，从左到右，几成对角线，犹如一个个线圈躺在纸上，有人过来吹了口气，吹歪了。

我明白这样子的信不能寄出去，就撕成碎片，装进钱包，挨着我万能的小粉盒，以备心理医生要看。

可戈登大夫当然没说要看，因为我没提这档子事，我为自己的聪明劲儿窃窃自喜。觉得只需要告诉他我想说的事，藏掖这个，说出那个，就能把控他对我的印象，而大夫从头至尾还自以为是。

我说话的时候，戈登大夫一直低着头，仿佛在祈祷，除了我沉闷平淡的声音就是他的铅笔在绿色记录本的同一处"嘟、嘟、嘟"地敲，如同一根原地踏步的手杖。

我讲完，戈登大夫抬起头。"你刚才说你在哪儿上大学？"我大惑不解，回答了问题。不明白上哪所大学有什么关系。"啊！"戈登大夫朝椅背上一靠，凝视着我肩膀上方的空气，一脸若有所忆的微笑。

我以为他会告诉我诊断结果，以为对他的判断也许太匆忙，太刻薄。可他只说："你的大学我记忆犹新，战时我在那儿待过。那儿驻扎过一个陆军妇女军团，是不是？还是叫妇女志愿紧急服役团来着？"

我说不知道。

"没错儿，是驻扎过一个陆军妇女军团，现在想起来了。派驻海外之前，我给她们看过病。老天！好一大群漂亮姑娘呀。"

戈登大夫哈哈大笑。

随即，一个优雅动作，他站了起来，绕过桌角朝我走来。不知他有何企图，我也站了起来。

戈登大夫伸手拉住垂在我身体右侧的那只手，握一握。

"那就下次见。"

枝繁叶茂的榆树们，朝共和大道沿街的黄砖、红砖门脸投下一道长长的阴影。一辆电车顺着光滑银色的轨道，蜿蜒而行，驶往波士顿。我等电车过去，穿过轨道，朝对面街边停放的那辆灰色雪佛兰走去。

能看见妈妈的脸，焦虑，灰黄，如同一片柠檬，透过挡风玻璃在注视着我。

"嗨，大夫怎么说？"

我拉上车门，没扣紧。往外再推，再往里拉，"砰"的闷闷一声，关好了。

"他说下星期再见。"

我妈叹口气。

戈登大夫一小时诊费要二十五美元。

"喂，你叫什么名字？"

"艾丽·希金博特姆。"

那水手一旁跟上我的步伐，我笑一笑。

我想共和大道上一定水手成群，就和这儿的鸽子一样多。

他们大概是从远远那座暗褐色的征兵站出来的，那儿四周的公告牌和内墙上，蓝一张，白一张，贴满"加入海军"的招贴。

"艾丽，你打哪儿来？"

"芝加哥。"

我从没到过芝加哥，可我认识在芝加哥大学念书的一两个男孩子，而且那儿似乎出了很多不守常规、头脑不清的人们。

"那你离家可远啦。"

这水手搂住我的腰，我俩在共和大道上就这样子走了好长时间。水手透过我绿色的紧身连衣裙，抚摸我的屁股，而我只管神秘地微笑，尽量不说任何可能暴露自己来自波士顿的话，让他看不出来，我随时可能遇到威拉德太太或妈妈的哪个朋友，在比肯山喝过茶，正穿过共和大道，或正在法林地下商场购物。

我想要是真的到了芝加哥，可以改名换姓，永远叫艾丽·希金博特姆。那样就没人会知道我曾抛弃东部一所响当当的女子学院的奖学金，把纽约的一个月实习搅得一团糟，还拒绝了一位严肃认真的医科学生，人家有一天会成为美国医学会成员，挣下成堆的银子。

而在芝加哥，人们会接受我的本来面目。

我，简简单单，就是艾丽·希金博特姆，一个孤儿。人们会喜欢我安静可人的性格。他们不会逼我读很多书，写很长的论文，扯什么詹姆斯·乔伊斯笔下的双胞胎。而且，总有一天，我会嫁一个性感勇猛却又柔情万种的修车店技工，奶牛似的，养下一大群孩子，跟多多·康维一样。

如果我碰巧愿意这么做的话。

"等你从海军退伍，打算干什么？"我突然向水手发问。

这是我讲得最长的一句话，水手好像吃了一惊。他把白色的水手帽推到一侧，挠挠头。

"哎呀，还不知道呢，艾丽。"他说，"也许就照《退伍军人权利法案》的规定，去念大学。"

我驻足，然后建议道："你想没想过开一家修车店？"

"没，"水手回答，"从没想过。"

我用眼角余光看看他。他的模样最多十六岁。

"你知道我多大了吗？"我责问。

水手朝我咧嘴一笑："不知道，也不在乎。"

我突然发现这水手异常英俊，长相像个北欧人，而且应该是处男。我现在头脑简单了，似乎就能吸引干净英俊的人。

"嗯，我三十岁啦。"我说完，等待他的反应。

"啊呀，艾丽，你可不像。"水手捏一把我的屁股。

他旋即环顾左右。"听着，艾丽，咱们走到那边的台阶上，在纪念碑下面，我就能吻你啦。"

就在那一刻，我注意到一个褐色的身影，穿一双褐色平底鞋，横穿共和大道。朝我的方向大步走来。这么远，无法看清一角硬币般大小的脸上那五官，可我知道那就是威拉德太太。

"您能告诉我去地铁的路吗？"我大声问水手。

"什么？"

"就是通向鹿岛监狱的地铁呀。"

等威拉德太太走近，我可以假装不过在向水手问路，根本不认识他。

"把你的手从我身上拿开。"我牙缝里挤出一句话。

"喂，艾丽，怎么啦？"

那女人走近又经过，没看一眼，也没点头，当然不是威拉德太太。威拉德太太在她的阿迪朗达克山中的小屋里呢。我狠狠盯住那女人远去的背影，复仇一般。

"喂，艾丽……"

"还以为那是我认识的一个人呢。"我说，"那家芝加哥孤儿院的一个讨厌的女人。"

水手再次搂住我的腰。

"艾丽，你是说自己没爸没妈？"

"是呀。"我放出一颗似已备好的眼泪。这泪水顺我脸颊而下，有点烫。

"哎呀，艾丽，别哭啊。这个女人，是不是待你不好？"

"她……她很坏。"

那一刻，泪水滚滚而下。在一株美利坚榆树的树荫下，水手抱着我，用一方又大又干净的亚麻手绢，一下下，轻轻拍干我的泪水，而我心头恨着那个褐衣女人，她多讨厌，不论她是否知道，都怪她让我误入歧途，拐错了弯，结果使一切都乱了套。

"埃丝特，这星期你感觉如何？"

戈登大夫捧着他的铅笔，好似捧着一颗细长的银子弹。

"老样子。"

"老样子？"他耸起一道眉，好像不相信。

于是我再次向他陈述，以相同沉闷平淡的口吻，不过这次更为愤怒，因为他似乎理解迟钝。我告诉他自己如何十四夜没合眼，如何无法读书，无法写字。无法吞咽。

戈登大夫好像无动于衷。

我在衣兜里深挖，找到给多琳的那封信的碎片，掏出来，往戈登大夫洁净无瑕的绿色记录本上一撒。碎纸片就躺在那儿，宛若夏日芳草地上的一堆雏菊花瓣，默默无言。

"你觉得这个如何？"我说。

我以为戈登大夫会立刻看出那些字迹有多可怕，但他仅仅一句："我想应该和你妈妈谈谈。你不介意吧？"

"不介意。"其实我一点也不喜欢戈登大夫跟我妈谈。我觉得他会告诉她，我应当给关起来。我捡起给多琳的那封信的每一点碎片，这样戈登大夫无法把它们拼到一起，也无法知道我想离家出走。走出他的办公室，我再没说一句话。

我目睹我妈的身影越来越小，直到消失在戈登大夫写字楼的门后。接着又目睹她的身影越来越大，伴随她步步走回汽车旁边。

"怎么了？"看得出妈哭过了。

妈不看我，发动汽车。

我们驶入榆树下深海般的阴凉时，妈开口说："戈登大夫认为你症状毫无改善，认为你应当去他沃尔顿的私人医院接受电击治疗。"

我的好奇心被狠狠激了起来，仿佛刚读到有关他人的一条可怕的新闻标题。

"他意思是住到那儿吗？"

"不是。"我妈边说下巴边抖。

我觉得她在撒谎。

"跟我讲真话，"我说，"不然，我就再也不跟你说话了。"

"我难道不是从来都跟你讲真话吗？"妈边说边泪水长流。

自杀者从七楼的窗台上获救！

在一幢混凝土大楼七层的窗台上徘徊两小时后，乔治·波路奇先生被查尔斯大街警察局的威尔·基尔马丁警官经由邻近的窗户救下。

我花十美分买了一袋花生喂鸽子，剥开一颗尝尝，无滋无味，像嚼老树皮。

我把报纸凑到眼睛跟前，好看清楚乔治·波路奇的脸，灯光聚焦着一张四分之三的面部特写，背景模糊，是砖墙和黑乎乎的天空。我觉得他有要紧事告诉我，不管是什么，可能就写在那张脸上。

但我努力看去，乔治·波路奇肮脏嶙峋的五官，却逐渐消融成一片有规律但颜色深浅不一，中等大小的灰色圆点儿。

墨色黢黑的报纸新闻段落没说明波路奇先生为何在窗台上，也没提基尔马丁警官对他做了什么，最终把他给弄进窗户里来。

跳楼的麻烦在于，你要是选错了楼层，就可能落地时还活着。我觉得七层楼一定是安全距离。

我叠好报纸，插进公园长凳的板条之间。这份报纸被我妈称为丑闻报，刊载的全是本地谋杀案，自杀案，暴力与抢劫，几乎每一版都有个半裸的女人，双乳在衣裳边缘汹涌澎湃，两腿姿势让你看到长袜的顶端。

不知自己以前为何从不买这份报纸，现在它倒成了唯一看得下去的东西。插图之间的小段落都很短，字母没机会变得骄傲自大，摇头摆尾。在家里我只能看《基督教箴言报》，这东西除开星期天，每天五点钟准时出现在门口台阶上，对自杀，性犯罪，飞机坠毁之类新闻置若罔闻，仿佛它们从不发生。

一只雪白的大天鹅，领着一群小天鹅游近我的长凳，然后拐向一个树荫遮蔽、鸭子遍地的小岛，划着水，钻入桥梁黢黑的圆拱下面。

　　我眼睁睁看到的一切，似乎都十分明亮而极小极小。

　　我仿佛透过一张无法打开的门的钥匙孔，看着自己的小弟弟，膝盖那么高，手里牵着一只兔子耳朵形状的气球，爬上一条天鹅游艇，在船边跟人抢位子，在飘着花生壳的水面上。我嘴里有股清洁和薄荷的味道。要是我们在牙医那儿乖乖听话，妈妈总是给我们买票，让我们坐一回天鹅游艇。

　　我在公共花园兜圈子——经过桥上，经过蓝绿色的纪念碑下，经过美国国旗花坛，经过公园入口，在这儿，你可以花二十五美分，在橘黄色和白色的条纹帆布篷下拍下你的快照——边兜圈子，边看树上挂的树名牌。

　　最喜欢的那棵树叫"哭泣的学者"。我想这棵树一定来自日本。日本人懂精神层面的东西。

　　日本人一见大事不妙就切腹自杀。

　　我努力想象日本人如何操作，他们的刀子一定特别快。不，大概得使两把利刀才行。然后，他们就席地而坐，盘起双腿，两手各持一把快刀。然后就交叉双手，刀尖各对准他们肚子的两侧。他们必须一丝不挂，不然衣裳就会卡住刀子。

　　接着，在来不及再犹豫之前，闪电般的一瞬间，他们就将刀子扎入身体，还要切上一圈，一把刀在上腹切个半月形，另一把刀在下腹切个半月形，完成一个圆圈。然后，他们腹部的皮肤落下来，像只大盘子。他们的五脏六腑就随之流出，人便一命呜呼。

　　那样的死法，一定需要极大的勇气。

　　我的问题在于痛恨鲜血淋淋。

　　我想可以在公园里待上一整夜。

　　明天一早，多多·康维会开车送我和妈妈去沃尔顿，要想趁机离家出逃，此刻正好。我看看钱包，点出一美元纸币，还有七十九美分——一堆硬币，五分的，一分的。

　　不知去芝加哥得花多少钱，也不敢去银行取出自己所有的钱，因为我想戈登大夫可能会预先提醒银行，要是我大胆行动，就会遭到阻拦。

　　我想到了搭便车，可又不清楚波士顿哪条路通往芝加哥。在地图上找方向倒是易如反掌，可我每逢恰恰位于什么地方的正中央的时候，就方向感尽失。回回想弄清楚何为东，何为西时，就要么天当正午，要么漫天多云，结果便束手无策。要么恰逢夜晚，可是除了大熊星座和仙后座之外，我对星座一无所知，这毛病让巴迪·威拉德沮丧万分。

　　我拿定主意走去大巴终点站，打听打听去芝加哥的票钱。然后可以去银行，取出正好那个数，就不会招来太多疑心。

　　我穿过大巴终点站的玻璃门，正翻看架子上五颜六色的旅行宣传册和时刻表，突然想到我家附近的银行可能会关门，因为午后的时间已过一半，不到明天就取不出钱来。

　　而去沃尔顿医院约的是明天上午十点。

　　就在此时，喇叭突然响了，通报外面停车场上一辆即将发车的大巴沿路的停靠站。喇叭里的声音啪啪啪地直炸耳朵，广播喇叭就这德行，一个字也听不清。忽然，一片静电干扰之中，我听出一个熟悉的地名，就好比交响乐队所有乐器正忙调音，钢琴忽然定出一个 A 调。

这站名离我家只有两个街区。

我赶紧出门，步入七月底午后的热浪，灰尘仆仆，大汗淋漓，口中苦涩，仿佛赶晚了一场艰难采访，登上那辆红色大巴，引擎都发动了。

我把票钱交给了司机。车门在我身后悄然自动关闭。

第
十
二
章

　　戈登大夫的私人医院坐落在一片绿草茵茵的高地之上，一条长长车道的尽头，路面白花花的，铺着碎蛤蜊壳。大房子带黄色的护墙板，阳台环绕，阳光下闪着微光，但绿油油的草坡上不见病人悠闲散步。

　　我和妈妈走拢去，夏日热浪遍袭全身，一只知了忽然开腔，好比一架空中割草机，在屋后的一株铜山毛榉树中央。但那知了的鸣叫反倒突显出巨大的静默。

　　一名护士在门口迎接我们。

　　"请在客厅稍候，戈登大夫很快就见你们。"

　　让我心烦意乱的是，这房子的一切貌似正常，虽然我清楚里头一定关满了疯子。看得见的几只窗户上没发现铁条，也听不到狂乱闹心的声音，阳光均匀地洒在破旧却柔软的红色地毯上，画出一个个规则的长方形，空气中有股新剪青草的味道，甜丝丝的。

　　我在客厅的门口停下脚。

　　片刻间，我觉得这地方似曾相识，和曾去过的缅因州海岸附近的一座小岛上的一家宾馆大堂一模一样。刺眼的白光泻入落地长窗，一台大三角钢琴把远处那个屋角挤得满满当当，着夏装的人们四下里闲坐，有的在牌桌旁，有的斜靠在藤编扶手椅里。这景象在潦倒的海边度假地司空见惯。

须臾，我就发现这些人全都一动不动。

我睁大双眼仔细瞧，试图从他们僵硬的姿势中找到线索。仔细看去，这里有男人、女人，还有肯定和我年龄相仿的男孩、女孩。但他们的面部呈现一种共性，似乎在架子上躺卧太久，不见日光，覆着一层仿佛筛过的苍白精细的尘灰。

接下来，我发现这其中有的人其实在动，只是动作很小，小鸟一般，所以开头我没看出来。

一个面如死灰的男人在数着一墩纸牌：一张、两张、三张、四张……我猜他一定是想弄清楚这副牌全不全，可是他数完之后又从头来过。挨着他的是个胖太太，正把玩一串木头珠子。她把这串珠子全都拨到绳圈一头，然后滴答、滴答、滴答，再让珠子全都落向另一头。

钢琴旁，一位小姑娘在翻乐谱，发现我看她，就生气地把头一低，将乐谱一撕两半。

妈妈碰碰我的胳膊肘，我就跟着她走进了屋子。

我们一声不吭，坐进一只凹凸不平的沙发，我一动，沙发叽叽嘎嘎作响。

我目光滑过那些人，朝半透明的窗帘外看去，窗外一片亮眼绿光，感觉就像坐在一家大百货商场的橱窗旁边。

周围这些形体不是活生生的人，倒像商店的服装模型，照人样描画，勉力支撑，尽量显出些生机。

我跟着戈登大夫黑夹克的背影上楼。

在楼下的大堂里，我曾试图问他电击疗法会怎样，可是张开嘴却说不出话来，眼睛睁得老大，定定地瞪着他那张满脸堆笑的熟悉面孔，这张脸在我眼前漂浮，活像一只盛满信心的盘子。

楼梯尽头，石榴石颜色的地毯也到了尽头。地面换上了朴素的褐色油毡，钉在地板上，顺一条走道向前延伸，两旁一张张白色的房门紧闭。跟着戈登大夫走啊走，远处什么地方一张门开了，听到有个女人大叫。

同时，我们面前走廊的拐角处突然露出一位护士，领着一名乱发及腰，身穿蓝色浴袍的妇女。戈登大夫退让一步，我全身贴紧墙壁。

那女人被拉拽着，从旁路过。她一面张牙舞爪，跟紧抓不放的护士挣扎，一面反复地说："我要跳窗户！我要跳窗户！我要跳窗户！"

那护士矮胖结实，制服前襟邋遢，眼珠斜视，戴一副厚镜片眼镜，镜片那么厚，就像有四只眼睛透过那对溜圆的镜片看着我。我努力想分清楚哪些眼睛是真，哪些眼睛是假，哪些眼睛斜视，哪些眼睛不斜视。正看得努力，她的脸突然朝我凑近，露出一个大大而阴险的笑，还发出嘘嘘声，仿佛要宽我的心："她以为自己能跳出窗户，可她跳不出去，因为窗户全都装了铁栏杆哪！"

等戈登大夫领着我走进大房子后部一间空荡荡的屋子，我才发现这地方的窗户真的有铁栏杆，而且房门、衣柜门、书桌抽屉，一切可以打开和关闭的东西全有钥匙孔，全可以上锁。

我在床上躺下来。

斜眼护士回来了。除下我的手表放进她衣兜，然后动手摘下我头上的发卡。

戈登大夫打开衣柜的门锁，拉出一张摆着一台机器，桌腿带轮子的方桌，推到我床头背后。护士开始用一种难闻的油膏往我两边太阳穴上抹。

她靠拢来，伸手去够我脑袋离墙壁最近的那一侧时，硕大的乳房便闷在我脸上，如同一片乌云，又像一只枕头。她的肉体发出一股隐隐约约的药臭。

"别害怕，"护士附身朝我咧嘴笑道，"人人头一回都怕得要死。"

我努力想笑一笑，可皮肤紧绷绷的，犹如羊皮纸。

戈登大夫在我脑袋两侧贴上两只金属片，再用条皮带把它们扣紧在我额头上，然后要我咬住一根电线。

我闭上双眼。

短短一瞬的沉寂，就像屏住一口气。

紧接着什么东西弯了下来，紧紧搅住了我，狠命摇动我，仿佛世界末日来临。呜咿——咿——咿——咿，那东西发出尖叫，噼噼啪啪，蓝光闪闪，刺穿空气，道道闪电狠狠击打着我，直到我感觉浑身骨头断裂，体液四溅，如同一棵植物被撕裂开来。

我思索着自己到底做过什么坏事，为何会遭到这样的折磨。

我坐在一把藤椅上，端着一只小鸡尾酒杯的番茄汁。手表已经回到手腕上，可看起来怪怪的。接着就发现，原来手表戴倒了，感觉头上的发卡位置也不对。

"你感觉如何？"

一盏古旧的金属落地灯立刻浮现在我脑海，爸爸书房不多的几件遗物之一，一只黄铜铃铛托举着灯泡，顺金属立杆拖下一根虎皮色磨损的电线，通向墙上的插座。有一天，我决定把这只落地灯从我妈的床头搬到屋子另一头我的书桌旁边去。电线应该够长，于是就没拔插头。我两手凑近这盏灯和磨损起毛的电线，紧紧抓住。刹那间，从那灯里飞出一道蓝光，把我打得牙齿咯咯响，我想拉开双手，可是被吸得紧紧，我就发出尖叫，或者说，我喉咙眼里被扯出一声尖叫，因为我不认识这声音，可听得到这声音倏地腾起，在空中颤抖，犹如一个被撕得四分五裂的幽灵。

后来双手终于拉开，我跌坐在妈妈的床上。右手心多了一个小洞，仿佛被铅笔芯狠狠戳了一记。

"你感觉如何？"

"还好。"

但其实不好，糟透了。

"你说你念的是哪所大学？"

我说出大学的名字。

"啊！"戈登大夫脸上亮出一个慢悠悠，近乎温暖的微笑，"战时，那地方有个陆军妇女军团，是不是？"

我妈的手指骨节白得像骨头，似乎等待期间，那儿的皮肤被撑开。她的目光避开我，直视戈登大夫，大夫一定点了头或者微笑着，因为妈的表情放松了。

"格林伍德太太，再做几次电击治疗，"我听到戈登大夫说，"我想您就会发现大大好转。"

那姑娘依然坐在琴凳上，撕坏的乐谱在她脚下展开，犹如一只死鸟。她瞪我，我就瞪她。她眼睛一眯，吐出舌头。

我妈跟着戈登大夫走向门口。我在后面磨磨蹭蹭。等他们一转背我就转身对准那姑娘，双手大拇指按住两耳，做个鬼脸。她缩回舌头，表情僵滞。

我出门，步入阳光。

多多·康维的黑色越野车好似一头美洲豹，等在斑驳的树影中。

这台越野车原是一位财大气粗的社交名媛订的，全黑，不带一星儿铬，内饰为黑色皮革，但车一来，那位女郎心凉了，说这台车太像灵车啦，别人也都这么说，谁也不想买。于是康维夫妇把车开了回去，杀了价，省下好几百块钱。

我坐在前排，夹在多多和我妈中间，觉得自己呆头呆脑，无精打采。

每次刚想集中注意力，心思就溜了，像个溜冰者，滑入一片空冰场，一个劲儿飞速旋转，心不在焉。

"我跟那个戈登大夫了结啦，"等把多多和她的黑越野车留在一片松树后头，我对妈说，"你可以给他打电话，告诉他我下周不去了。"

我妈笑道："我知道我的宝贝不会像那样的。"

我看着她："像什么样？"

"像那些可怕的人呀。那家医院那些死人一样的人呀。"她停顿了一下，"我知道你会选择好起来的。"

68 小时昏迷之后　小明星离世

我在手袋里一顿乱掏——碎纸片、小粉盒、花生壳、一角币、五分币、蓝色的捷飞盒子，里头是十九个吉列刀片——直到翻出那天下午，我在那座橘黄与白色条纹的帆布篷下拍的那张快照。

我把快照照片与那位死亡小明星脏兮兮的照片并排一放，发现很相配，嘴一样，鼻子一样，唯一区别是眼睛。快照中的眼睛睁大，而报纸上的照片中那位小明星的眼睛闭着。但我知道，要是用指头大大撑开那死亡女孩的眼睛，那目光就会盯着我，跟快照中的我一模一样——死寂，阴沉，空虚。

我把快照塞进手袋。

"我就坐在太阳底下这条公园长凳上头，看着那边大楼上的钟，再坐五分钟。"我告诉自己，"然后就找个地方做那件事。"

我把自己所有的小心声召唤到一起。

> 埃丝特，你对自己的工作提不起劲？
> 埃丝特，你还真是个典型的神经病。
> 你那副样子会一事无成，你那副样子会一事无成，你那副样子会一事无成。

一个燠热夏夜，我曾亲吻一个耶鲁学法律的学生，他就像只毛烘烘的大猩猩。我吻了他一小时，因为他长得太丑，我同情他。等我亲完，他说："宝贝儿，我给你归了类。你四十岁时会变成个假正经。"

"虚假！"大学里，创作教授在我写的一篇题为《快乐周末》的故事上大笔一挥，批道。

我以前真不明白"虚假"是什么意思，就翻词典——虚假，做作，虚伪。

你那副样子会一事无成。

我二十一夜没睡觉了。

我想世间最美不过的是暗影，无数移动的暗影与暗影的死胡同——暗影无处不在，抽屉里、柜子箱子里、房子下头、树下头、石头下头、人们的目光背后、笑脸背后。地球夜晚那侧，暗影更是绵延不绝。

我低头瞧瞧自己的右小腿，两条肉色创可贴在腿肚上贴成一个十字架。

那天早上我已开始动手。

我把自己锁进卫生间，放满一澡盆热水，取出一块吉列刀片。

当年，人们曾问某位罗马老哲学家还是什么人，想要如何死。他回答要在热水澡盆里切开静脉。我觉得那倒挺容易，躺在澡盆里，眼看红色的花朵从我手腕冒出来，一朵一朵，渗入清水，直到我沉沉睡去，在鲜红宛若罂粟花的水波涟漪之下。

可我动手做时，手腕的皮肤看起来那般雪白，那般无助，我怎么也下不了手。仿佛我想杀死的东西根本不在那片皮肤里，也不在我大拇指下方那细细跳动的蓝色脉搏上，而在别处，更深，更隐秘之处，难以触及。

需要分两步走。先割一只手腕，然后另一只。不，是三步，若算上把刀片从一只手换到另一只的话。然后我就要踏进澡盆，躺下。

我在药品柜前开始行动。但动手时若看着镜子，那就像在观看他人做了，像在读一本书或看一场戏。

可是镜子里的那个人失去勇气，太蠢，下不了手。

接着我想，也许可以先放一点血试试，于是就坐到澡盆边上，把右脚踝横过左膝。然后抬起右手握住刀片，任其凭自重落到我腿肚上，就像断头台的铡刀落下。

没感觉。旋即感到一个小小的，深深的快感，皮肤割破的地方现出一道鲜艳的小缝，红颜色冒了上来。鲜血阴郁地聚集，像只小水果，滚下脚踝，滚入我黑色漆皮鞋的鞋帮。

这时我想踏进澡盆，可明白上午的时光已被浪费得差不多，妈妈可能回家，没等完事我就会被发现的。

于是我包扎伤口，收拾好刀片，去赶十一点半开往波士顿的巴士。

"抱歉，宝贝儿，去鹿岛监狱没地铁，监狱在岛上。"

"不，监狱不在岛上，从前在岛上，后来用泥填了，如今监狱和岸上连起来了。"

"没有地铁。"

"我必须去那儿。"

"喂，"售票处的胖子透过格栅看着我喊，"你别哭呀！"

"那地方有你家人啊，亲戚吗，宝贝儿？"

人们在我身边又推又挤，在昏暗的灯光里，急急忙忙赶着车，那些列车在斯克雷广场下众多肠子般的隧道里，轰隆隆驶进驶出。我的眼睛像拧紧了的喷嘴，而我感觉泪水就要喷涌而出。

"我爸爸。"

胖子查看一番售票处墙上的一张图，冲我一笑："你该这么走，先上那边那条轨道的车，在'东方高地站'下，然后跳上一辆去波因特的大巴，就能直达监狱大门口啦。"

"喂，你！"小哨所里一位着蓝色制服的青年在挥手示意。

我边走也边向他挥手致意。

"喂，你！"

我停下，慢慢往那座小哨所走去。哨所栖息在一片荒沙之上，像一座圆形的起居室。

"喂，你不能再往前走了。前面是监狱的地盘，禁止入内。"

"我以为顺着沙滩哪儿都能去呢。"我回答，"只要待在潮水线以内。"

那人稍加思索。

然后说："这条沙滩不行。"

他的脸朝气蓬勃，讨人喜欢。

"你这哨所挺棒的，"我说，"像座小房子。"

他回头瞟一眼那座有绳条地毯、印花布窗帘的小屋，笑了。

"我们还有咖啡壶呢。"

"我从前住这儿附近。"

"真的吗？我就是在这镇子上出生、长大的。"

我目光掠过沙滩，从停车场看到上闩的大门，从上闩的大门看到狭窄的道路，这条路两侧都被海浪冲刷，一直通往从前的小岛。

监狱的几座红砖楼样子友好，好似海边大学的建筑。左边一片绿草地的圆丘上能看到一些小小的白色圆点儿还有些稍大的粉红圆点儿在动。我问卫兵那些是什么，他说："那是猪和鸡。"

我暗忖要是自己一直住在这座老镇上，没准儿上学时就与这位哨兵相遇，嫁给他，如今养下一群小娃娃呢。海边安家，和一群娃娃、猪、鸡一起生活，身穿我奶奶所谓的家务裙，在厨房里安坐，桌上铺着漆布，胳膊肥壮，啜饮咖啡，也算好生活了。

"怎么才能进那个监狱？"

"得有通行证。"

"不是问这个，我想问怎么才能给关进监狱？"

"噢，"卫兵大笑，"偷汽车或者抢商店呀。"

"那监狱里头关没关杀人犯？"

"没有，杀人犯关在一座大型州立监狱。"

"那里头还有谁？"

"呣，冬季头一天，我们在波士顿抓来几个老流浪汉，他们扔砖头砸窗户，被逮捕，就能在牢里过冬避寒，看电视，有饭吃，周末还能打篮球。"

"那多好。"

"要是喜欢就好。"

我道声再见，拔脚走开，只从肩上回头看了一次。卫兵依然站在观察哨的门口，我回头时他还抬起胳膊行了个礼。

我落座的圆木头铅一般沉重，一股柏油味儿。小山制高点上的圆筒状的灰色水塔坚固结实，水塔下面的沙洲弯弯曲曲深入大海。涨潮时，沙洲就完全被海水淹没。

这片沙洲我记忆犹新。沙洲里侧曲线的弯钩处，能找到一种海滩别处都没有的贝壳。

这种贝壳厚而光滑，大如拇指关节，通常白色，也有粉红或桃色的，长得就像羞怯的海螺。

"妈咪，那个女孩还坐在那儿呢。"

我懒懒地抬头看，只见一个浑身沾沙的小孩正被一个女人从海边拖起来，那女的瘦里吧唧，目光锐利，穿着条红色短裤，配一件红白圆点背心。

先前没想到海滩上会挤满避暑的游人。一别十年，波因特平坦的沙滩上冒出许多艳蓝、粉红、淡绿的小棚屋，就像一堆味如嚼蜡的蘑菇，银色的飞机、雪茄状的飞艇已经让位给超音速飞机，这些飞机从海湾对面的机场起飞，发出震耳欲聋的声响，掠屋顶而过。

我是海滩上唯一穿裙子和高跟鞋的女孩，猛然醒悟自己一定很显眼。走了一会儿，我脱掉漆皮鞋，它们老是深深陷进沙子。想到我死之后，这双鞋会待在那根银色的圆木上，指向大海，好比一只灵魂指南针，我就开心不已。

我摆弄着手袋里的刀片盒。

接着就想到自己有多蠢。有刀片，却没有热水澡盆。

我寻思租个房间。所有这些避暑地一定有公寓。可我没行李。那会招来怀疑。再说，公寓里头总不断有人要用卫生间，我还来不及割腕和踏进澡盆就会有人砰砰地敲门了。

沙洲尽头，一群海鸥站在木头柱顶，猫似的喵喵叫。它们忽而振翅高飞，一只接一只，浑身灰白羽毛，在我的头顶盘旋。

"喂，小姐，你最好别坐在这儿啦，要涨潮了。"

那小男孩蹲的地方距我数英尺之遥。他捡起一枚紫色的圆石头，高高地抛入水中。海水响亮地扑通一声，将石头吞没掉。男孩随即在地上一顿乱抓，我听到干石子碰得叮当响，和硬币一样。

他往暗绿色的海面平掷一块扁平的石头，石头弹跳七次才侧旋消失。

"你干吗不回家？"我问他。

男孩再次平抛一块重些的石头，石头跳第二次就沉没了。

"不想回家。"

"你妈妈在找你。"

"她没找。"他听起来有点担心。

"你要是回家，我就给你糖吃。"

男孩蹒跚走近。"哪种糖？"

可我不用看就知道自己手袋里只有花生壳。

"我会给你点钱买糖吃。"

"阿——瑟！"

一个女人真的出现在沙洲上，滑了一跤，还肯定在骂骂咧咧，因为看得出来在她清楚专横的声声呼唤之间，嘴巴没停。

"阿——瑟！"

她一只手搭起凉篷，好像这样有助于透过渐渐变浓的海雾，发现我们。

看得出来，这男孩的兴趣随着他妈妈喊声力度加大而变小，他开始假装不认识我，踢翻几块小石头，像在找东西的样子，悄悄走了。

我一个冷战。

那些石头在我的光脚丫下面，一块块地冰凉冰凉。我好想念海岸上那双黑漆皮鞋。一股大浪退去，像一只手，接着又扑过来，打在我脚上。

这湿寒似乎来自海底本身，那地方瞎眼的白色鱼儿在巡游，靠自身发光，穿越极地严寒。我看见那地方胡乱撒着鲨鱼的利齿和鲸鱼的耳骨，如同森森的墓碑。

我等着，仿佛大海会为我做出决断。

第二股大浪在我脚下崩溃，白色的泡沫舔着我的双脚，寒意紧抓我的两只脚踝，一阵要命的疼痛。

在这样的死法面前，我的肉身萎缩了，怯懦了。

我拾起我的手袋，踏着冰冷的石头往回走，去我鞋子守夜的地方。

第
十
三
章

"肯定是他妈妈杀了他。"

我盯着乔迪要我见的那男孩的嘴。他嘴唇又红又厚，一张娃娃脸，依偎在如丝的淡黄色头发下面。他叫卡尔，我想一定是什么名字的简称，可又想不出是什么名字的简称，除非是加利福尼亚。

"你怎么能肯定是她杀了他？"

卡尔据说很聪明，乔迪还曾在电话里夸他可爱，说我会喜欢他的。我暗暗嘀咕，我若还是原来的我，会不会喜欢他。

不可能说得清楚。

"唔，她开头说'不、不、不'，后来又说'好的'。"

"但是她接着又说'不、不'了啊。"

卡尔和我并排躺在一条橘黄色间绿色条纹的大毛巾上，在脏兮兮的淤泥海滩边，离开湿地对面的林恩。乔迪和那个跟她订了婚的男孩马克在游泳。卡尔没想游泳，就想聊天，我们在争论一出戏，戏中一位青年发现自己大脑患病，原因是他父亲曾与一名不洁的女人鬼混。最后，这青年逐渐变傻的大脑完全毁坏，他母亲犹豫不决，该不该杀死他。

我怀疑我妈曾给乔迪打电话，求她带我出去散心，这样我就不会整天坐在家中，关上所有百叶窗。起先我不愿去，因为觉得乔迪会注意我的变化，不论谁长了半只眼都会发现我脑袋里头没脑筋。

但是，汽车一路向北开，接着又向东开，乔迪谈笑风生，似乎没注意我只是"天哪！""哎呀！"或者"真的吗？"敷衍她。

我们在海滩上的公共烤架上把热狗烤得焦黄。我仔细观看乔迪、马克和卡尔之后，好歹把热狗烤得恰到好处，既没煳也没掉进火里，我一直提心吊胆，就怕搞糟。随后，趁没人注意，我把热狗埋到沙子里。

吃过饭，乔迪和马克手拉手跑向海边，我躺下，凝视天空，而卡尔没完没了地扯那出戏。

我记得这出戏的唯一原因是戏中有个疯子，而且我读过的一切有关疯子的事情都会在脑子里扎根，别的一切却忘得一干二净。

"可那句'好的'很要紧，"卡尔说，"那正是剧终时她回头要说的话。"

我抬起头，眯眼瞧瞧大海，明亮蔚蓝，好似一只大盘子——一只明亮蔚蓝的大盘子却镶着一道肮脏的边。一座灰色的巨大圆石，活像鸡蛋的上半部，打石头海岬约一英里处伸出水面。

"她想用什么东西杀他来着？我忘了。"

其实我没忘，记得一清二楚。可我就想听听卡尔会怎么说。

"吗啡粉。"

"你觉得美国有吗啡粉吗？"

卡尔略加思索，然后说："我看没有，听起来这东西早过气啦。"

我翻身肚子朝下，眯眼瞧瞧另一个方向的风光，朝着林恩。烤架上的火与道路上的热浪袅袅，腾起一阵透明的薄雾。透过那薄雾，好似透过一道清澈的水帘，我依稀辨认出肮脏天际那一些些油罐、工厂烟囱、起重臂和桥梁。

一堆烂摊子。

我又翻过身，脸朝上，故作随意地说："你要是想杀死自己，打算怎么干？"

卡尔似乎挺高兴："我时常琢磨这事呢。我会朝自己脑袋开一枪。"

我好失望。男人就爱开枪自杀。我哪有那么好的机会弄到枪。就算弄到了，怎么知道该朝自己身体哪个部位打。

我看过报上登的报道，人们如何如何朝自己开枪，结果只是打中一条要紧的神经，浑身瘫痪，或者把脸给打掉了，到头来又获救，被一群外科大夫治好或者发生什么奇迹之类，没能即刻灵魂出窍。

用枪似乎要冒很大的险。

"你想用什么枪？"

"我老爸的散弹枪。枪膛里总有子弹。我只要哪天走进他书房，然后，"卡尔用一根手指指着他太阳穴，扮个滑稽紧张的鬼脸，"砰！"他瞪大浅灰色的眼珠子，看着我。

"你老爸住的地方是不是碰巧在波士顿附近呀？"我漫不经心地问。

"不是，他住滨海克拉克顿。他是英国人。"

乔迪和马克手拉手跑上来，甩掉浑身的水，宛若两只热恋的小狗。我觉得人会太多，就站起身假装打个呵欠，说："我想下水游一会儿。"

和乔迪、马克、卡尔泡在一起已经令我紧张，好比在钢琴琴弦上压一方粗笨的木头。我担心自己随时会失去自控，会张口滔滔不绝，诉说自己如何无法看书、无法写字，天底下肯定只有我一人，整整一个月无法入睡，却还没因疲劳过度，砰然倒地而死。

一缕烟雾从我浑身的神经腾起，恰似从烤架与阳光炙烤的道路上腾起。所有景色——大海、海岬、礁石统统在我眼前颤抖，如同舞台背景。

我奇怪在太空的哪一点上，那愚蠢虚伪的天蓝变成了漆黑。

"卡尔，你也去游泳吧。"

乔迪顽皮地轻推卡尔一把。

"哦哦哦，"卡尔把脸躲进毛巾，"水太凉啦。"

我抬脚朝海边走去。

正午的日头无拘无束，无遮无拦。阳光下，大海竟莫名巧妙显得亲切友好。

自溺想必是最宜人的死法，而自焚，最惨烈。巴迪·威拉德给我看过的那些泡在药瓶里的胚胎有的还有腮，他说，胚胎要经历一个像鱼儿的阶段。

一波小浪卷起些垃圾，是糖纸、橘皮和水草，盖住了我的脚。

听到背后有踏沙的脚步声，卡尔跟来了。

"咱们游到那座礁石去吧。"我指着那地方说。

"你疯了？那有一英里远呢。"

"你咋了？"我反诘，"怕了？"

卡尔抓住我胳膊肘，把我推到水里。水深齐腰时他把我往下一推。我浮了上来，溅着水花，眼睛被咸水灼得生痛。水底下，海水发绿，半透明，好似一块石英。

我开始游水，改良型的狗爬式，脸一直对着那块礁石。卡尔慢慢地游着自由式。过了一会儿，他探起头，开始踩水。

"游不到。"他喘着粗气。

"那好吧，你回去。"

我觉得自己会一直游下去，直到筋疲力尽回不去。继续划水，心跳得咚咚响，就像耳朵里有台马达，闷声转。

我活着我活着我活着。

那天早上我试过上吊。

我妈上班刚走，我就把她黄色浴袍上的丝腰带取下，在卧室琥珀色的灯光下，把那条丝腰带打了一个能上下滑动的结。做这事费了好大工夫，因为手笨打不好，也不知道什么样的结才合适。

接着我就四下寻找能系住那条丝腰带的地方。

麻烦在于我家的房子天花板不对。天花板低矮，雪白，光滑，涂着石膏，找不到一处灯饰或一根木梁。真怀念我奶奶的那座房子，可惜她搬来先和我们，再和利比姨妈同住之前，把那房子给卖了。

我奶奶的房子是十九世纪的精致风格，天花板高旷，吊灯托架牢靠，高高的衣橱内横着结实的挂杆，谁也不去的阁楼还塞满箱子、鹦鹉笼子、裁缝用的假人模型，头顶的横梁和船用木头一般粗。

可惜那房子老旧，她给卖了，我不知道还有谁拥有那样一座房子。

我垂头丧气，脖子上挂着那条黄猫尾巴似的丝腰带，在家里乱转一气，找不到任何可系它之处。只好坐到我妈床上，想自己把那个结子拉紧。

可是回回拉紧绳结就觉得一股急流冲进两耳，一股血流涌上脸颊，双手就会减力，松开，结果还是安然无恙。

那一刻，我悟出肉身具有种种鬼花招，比如在关键时刻让我手软之类，结果次次救了我的命。若能自己完全说了算，我立马就会死去。

我只能以剩余的意识伏击我的性命，不然，这条命会把我套进它愚蠢的笼子，毫无道理地把我关上五十年。等人们发现我丧失理智——早晚会的——到那时，就算我妈守口如瓶，人家也会说服她把我送进一家疯人院，让我去治病。

只可惜我的病治不好。

我到药店买了几本有关心理失常的平装书，把我的症状和书上的一比，毫无疑问，我的症状完全符合最最无药可救的病例。

现在我能读得下去的书，除了那些刊载丑闻的报纸，就只有那些讨论心理失常的书了。这好比留下一道微细的缝，让我了解一切有关自己病例的知识，好以恰当的方式完成自杀。

我纳闷，在上吊惨败之后，是不是该放弃自杀，把自己交给大夫们，可又想到戈登大夫和他私家医院的电击治疗仪——只要我被锁起来，他们就会不断用那玩意儿折磨我。

我想到我妈、我弟，还有朋友们会去看我，日复一日，巴望我好起来。然后他们的探访就会变少，会放弃希望。他们会变老。他们会忘掉我。

他们还会变穷。

起初，他们想要我得到最好的照顾，于是就把金钱统统花在戈登大夫那种私人医院。最后，钱花光了，我就会被换到一家州立医院，和成百上千和我一样的人一起，关在地下室的笼子里。

你的病越没法治，人家就把你藏得越深。

卡尔掉过身，朝岸边游去。

我看着他缓慢地将自己拉出齐脖深的海水。他的身体反衬着黄沙与绿浪，一时竟如同一分为二，像条白色的虫。接着虫子完全爬出绿水，跌倒在黄沙上，与数十条扭来扭去，消磨时光的其他虫子混作一堆。

我双手奋力划水，双脚奋力踢水。可是，那座鸡蛋形状的礁石似乎一点儿也没比我和卡尔从岸上观看时更近。

接着我明白，即使能游到礁石那么远也毫无意义，因为我的身体就有了借口，会爬上礁石，躺在太阳底下，聚集力量再游回岸上去。

唯一该做的就是在此时此地淹死自己。

于是我停下。

我把双手收回胸前，头一低，扎下去，双手推开海水。海水压向我的耳鼓和心脏。我扇动双手往下扎，可还来不及明白怎么回事，海水已经把我朝上一吐，见到了太阳，四周波光粼粼，我已被一片蓝色、绿色和黄色的宝石团团围住。

我连忙抹掉眼睛上的水。

我大口喘气，艰苦努力之后都如此。但我却自然而然，漂浮水上。

我再次俯冲，再次俯冲，可回回都如同软木塞，乒一下就被弹上来。

那座灰色的礁石在嘲笑我——浮在水上，救生圈一般轻而易举。

筋疲力尽时，我明白了。

我往回游去。

鲜花频频点头，宛若聪明晓事的孩子们，我推着这些花儿顺走廊往前走。

身穿鼠尾草绿的志愿者制服，我觉得自己样子傻里傻气，而且多余，我和那些穿白大衣的医生和护士不一样，甚至和穿褐色制服的保洁员们也不一样，她们握着拖把、拎着污水桶，经过我身旁连招呼都不打。

要是我能得到报酬，不论多么微薄，我也会把这看作一件体面的工作。可整个上午我推车送杂志、送糖果、送鲜花，得到的却只是区区一顿免费午餐。

我妈说，治疗老是为自己着想的办法就是帮助比你情况更糟的人。所以特丽萨就安排我签约到本地一家医院做志愿者。到这家医院做志愿者不容易，因为女青年会成员都想往这儿挤。我运气不错，那些成员中不少人离开度假去了。我原指望人家会派给我一间有阴森森病人的病房，那些病人能从我麻木呆板的脸上看出我心怀好意，会感激我。可是志愿者的头儿，我们教堂的一位社交界女士瞧了我一眼就说："你去产科。"

于是我乘电梯上到三层，来到产科病房，向护士长报到。她交给我一辆装满鲜花的手推车。我的任务是，将正确的花瓶，送到正确的病室，正确的病床旁边。

可未及到达头一间病室门口我就发现不少花儿已经蔫头耷脑，花瓣边缘也开始变成褐色。我想，一个刚生了宝宝的女人看到有人"砰"的一声，在她面前放下一大把残花，肯定扫兴。所以就把车推到走廊角落的洗手池边，动手摘掉所有已经萎败的花朵。

接着又摘掉所有正在萎败的花朵。

没看到垃圾桶，我就把那些花揉作一堆，放进深深的白色洗手盆。感觉洗手盆和坟墓一样冰凉，我莞尔一笑。医院里头，人们一定也是照这样子把尸体放进太平间的吧。我的动作，以其小小的方式，响应了医生护士的大动作。

推开头一间屋子的门我走了进去，拉着手推车。几名护士跳将起来，我一看到那些架子呀、药柜呀就大惑不解。

"你要干吗？"一名护士厉声问道。我分不清谁是谁，她们全都长得一个样。

"我来送花。"

那位说话的护士伸一只手放到我肩膀上，把我带出房间，用空着的那只手操控手推车。她一把推开隔壁的屋子，躬一下腰示意我进去，旋即消失不见。

我听见远处有咯咯的笑声，一张门关上，切断了笑声。

屋子里有六张床，每张床上有位产妇，全都坐着，有的在编织，有的在翻杂志，有的在用粉色的卷发棒卷头发，叽叽喳喳，活像一群鹦鹉房里的鹦鹉。

我还以为她们个个脸色苍白，在睡觉或静躺呢，那就可以踮着脚转一圈，按床头墨水写在胶条上的号码，与花瓶上的号码找准，不费吹灰之力。然而，方向还没看清，一位活泼花哨，面孔削尖的金发女人就朝我点头示意。

我走过去，把手推车留在了屋子中间，可她打个手势，好不耐烦，我明白是叫我把车也推过去。

我把车推到她床边，一脸乐于助人的笑。

"喂，我的飞燕草呢？"一个肥胖松弛的女人的鹰眼珠打屋子另一头啄了我一眼。

尖脸的金发女人俯身看推车。"我的黄玫瑰在这儿呢。"她说，"可是跟些恶心的鸢尾花弄混啦。"

其他嗓门立刻加入头两个声音，全都怒火燃烧，哇啦哇啦，怨气冲天。

我正要张嘴解释，方才，我把一束败谢的飞燕草扔到洗手池了，摘去败谢花朵后，有些花瓶里剩下的花儿不多了，所以我就把几个花束合并到一起，让花束变大一些，等等，门忽然洞开，一名护士趾高气扬冲进来，查看发生了什么乱子。

"喂，护士，瞧瞧拉里昨晚给我买的这一大把飞燕草成什么样了！"

"她把我的黄玫瑰也给糟蹋啦！"

边解绿色制服的衣扣，我边逃。路过时把制服朝那个塞了一堆残花败叶的洗手池一扔。三步并作两步，我从没人的侧梯跑下楼，一个鬼也没碰到。

"去墓地怎么走？"

那个穿黑皮夹克的意大利人停下脚，指指那座卫理公会教堂背后的一条胡同。我记得这个卫理公会教堂。我出生后的头九年曾为一名卫理公会教徒，在我父亲去世之前。后来我家搬家了，我改信一神教。

我妈曾为天主教徒，后来改信卫理公会。我奶奶、爷爷和利比姨妈依然是天主教徒。我的利比姨妈曾和我妈同时背弃天主教。可她后来爱上一个意大利天主教徒，就重信天主教了。

最近，我本人也在考虑重信天主教。我知道天主教徒认为自杀乃一大罪孽。但也许，要是信了天主教，人家会有什么好办法劝我放弃自杀呢。

当然啰，我可不信死后来生、童贞女生子或者宗教裁判所，不信那个小猴子脸的教皇绝对正确，可我用不着让神父看穿这些，我可以只关注自己的罪孽，而神父会帮我忏悔。

唯一的麻烦是，教会，甚至天主教会，无法占有你的全部生活。不论你下跪多久，祈祷多长，一日还得三顿饭，干工作，在人间活下去。

我想，也许能弄清楚，再做多久天主教徒就可以出家做修女，于是跟我妈打听，以为她知道去做修女的捷径。

可是我妈笑话我："你以为人家会立刻接受你这样的人？你当然先得熟知那些教义问答啦、信条啦，而且全心全意，笃信这些东西。你这么理性的姑娘！"

我依然想象着自己去找哪个波士顿的神父——必得波士顿才行，因为不想要任何家乡的神父知道我曾打算自杀。神父全是些可恶的碎嘴子。

我要穿一身黑衣裳，面色死白，我要匍匐在神父脚下，求告道："哦，神父，救救我！"

但生发这个念头，是在人们开始像那些医院的护士一样，目光怪怪的看我之前。

我确信天主教堂不会接受任何疯子修女。我利比姨妈的丈夫曾讲过一个笑话，说的是一座女修道院打发一名修女去特丽萨那儿做检查的事。

那名修女声称自己耳朵里不断有竖琴声，还有个声音一遍又一遍地重复："哈利路亚！"

被进一步询问之后，这名修女坚称，她唯一无法肯定的是，那声音到底说的是哈利路亚还是亚利桑那。这修女出生地就是亚利桑那。我想她最终给关进了疯人院。

我把黑面纱一直拉到下巴颏，大步穿过锻铁的大门。心中纳闷，爸爸葬在这座墓园这么多年，家里居然没一个人来看过他。我妈不让我们参加他的葬礼，因为那时我们还是小孩子，而他是在医院咽的气。因此上，这墓园，甚至他的死，对我似乎一直恍若隔世。

最近，我心中愿望强烈，要补偿这么些年对父亲的怠慢，就得开始拜谒他的墓地。我曾深得父亲宠爱，所以由我来补上母亲从不费心的悼念，似乎最合适。

我想要是父亲不死，他就会教会我所有关于昆虫的知识，那是他在大学里的专业。他还会教我德文、希腊文、拉丁文，这些他全懂。那我也许就会成为路德会教徒了。我父亲曾为威斯康星的一名路德派教徒，但这个教派在新英格兰过时了，结果他就不再信仰路德教派，而我妈就说他是个心怀怨怼的无神论者。

墓园令人沮丧，坐落在郊区一片低地，好似一座垃圾场。我沿着碎石甬道来回走，闻到远处飘来一股盐沼地的浊气。

墓园的老区还好，斑驳破损的墓石，青苔啮噬的墓碑。但很快我就发现，我父亲肯定葬在墓园的新区，这个区时间标注的是二十世纪四十年代。

新区的墓石粗糙廉价，随处可见有些坟墓镶着一圈大理石，活像一只盛满泥土的长方形澡盆，锈迹斑斑的金属容器，矗在大约是死者肚脐眼之处，插满塑料花。

灰暗的天空开始飘着蒙蒙细雨，我情绪愈发沮丧。

父亲的墓我遍寻无着。

蓬松的云朵低低掠过那片地方的天际，天际那边是大海，就在沼地与海滩棚屋的背后，雨点令我那天早上刚买的黑雨衣更加阴郁，黏糊糊的潮气渗入皮肤。

我还问过那个女售货员："这雨衣防水吗？"她说："任何雨衣都

不防水，防的是阵雨。"

我问她防阵雨什么意思，她说我最好买把伞得了。

可我的钱不够买把伞。进出波士顿的大巴车票、花生、报纸、讨论心理失常的书、回海边老家之旅，这一切，几乎耗尽了我在纽约攒的钱。

我已下定决心，等银行户头再无钱可取，就做那件事，而那天早上，买这件黑雨衣已经花完我最后一点钱。

那一刻，我发现了我父亲的墓。

父亲的墓碑被另一块墓碑挤作一堆，头挨头，就像地方不够时，慈善医院病房里的病人一样。墓碑是一块色调斑驳的粉红大理石，好比罐头三文鱼，上面只刻着父亲姓名，姓名下方，生卒日期，中间隔一小道破折号。

我在墓碑脚下摆好湿淋淋一大捧，从墓园门口灌木丛采摘的杜鹃花。然后收拢两腿，坐到湿漉漉的青草地上，不明白自己为何哭得如此肝肠寸断。

这时我才想起，自己还从没为父亲之死哭过呢。

我妈也没哭过。她就是微微一笑，说他撒手走了才是福气，因为要是他活下去会残废，一辈子病病歪歪，而他受不了那个，情愿死掉也不愿发生那种事。

将脸紧贴住大理石墓碑光滑的表面，我向着咸味的冷雨，哭嚎我的痛失，撕心裂肺。

我就是知道该怎么做那件事。

一等我妈的车嘎吱嘎吱离开我家车道，发动机声音消失，我就跳下床，三下两下穿好白衬衫、绿花布裙和黑雨衣。雨衣潮乎乎的，头天刚用过，不过很快就无所谓了。

我下楼，从饭厅桌上拿起一只淡蓝色的信封，在信封背面费劲地涂写大大的一串字母：*我出去散个长步*。

我把信封立在妈妈一进门就能看到的地方。

随即哈哈大笑。

我把一件最要紧的事给忘了。

我跑上楼，将一把椅子拖进我妈的大衣橱，爬上去，伸手去够顶层那个绿色的珍宝箱。本可以徒手撕掉金属盖子，锁很不牢靠，可是我想把事情做得有条不紊。

我拉开妈妈书桌右手的顶层抽屉，从那方好闻的爱尔兰亚麻手帕下面轻轻抽出藏在底下的那个蓝色珠宝盒，从黑天鹅绒上摘下别在上头的小钥匙。然后打开珍宝箱，取出那瓶新药丸，药丸比我预想的多。

至少有五十颗。

要是我等着妈妈夜复一夜，一颗一颗，慢慢给我服用，就得等上五十个夜晚才攒得够。而五十夜之内，学校就会开学，弟弟也会从德国回家，那就太晚了。

把钥匙别回珠宝盒，和那些并不昂贵的项链、戒指做伴，把珠宝盒放回抽屉，塞到那方手帕下面，再把珍宝箱放回衣橱的顶层，最后把椅子放回我拉走之前的准确位置。

然后，我下楼进了厨房。打开水龙头，用玻璃杯接了一大杯水。再端着杯子，拿着那瓶药丸，下到地下室。

地下室几只窗户的缝隙透进一点点黯淡如海下的光芒，那台油炉背后墙上露出一道漆黑的罅隙，大概齐肩高，伸到通风廊下面，不见了。通风廊是地下室挖好以后才增建的，就建在这道秘密的，底部为泥土的罅隙之上。

几根年深月久腐朽的壁炉木头堵住了洞口。我把这些木头往后推推，把水杯和药瓶并排放在一根木头平坦的表面，再把自己的身子用力向上提。

我花了好长时间，试图爬进这道罅隙，试了多次，到底成功，蹲进漆黑的洞口，如同一个洞穴侏儒。

泥土在赤裸的双脚下相当友好却冰凉。不知这方特殊的土壤有多少年没见过阳光了。

接着，我拖动那些灰扑扑、沉甸甸的圆木，一根又一根，横过洞口。黑暗厚重，犹如天鹅绒。我伸手拿过水杯和药瓶，低着头，小心翼翼爬向最远的墙壁。

蜘蛛网上几只柔软的飞蛾碰到我的脸。紧裹身体的黑雨衣，就像自己温柔的影子。旋开药瓶盖，我开始快速吞药丸，一颗接一颗，一大口水，再来一大口水。

起先什么动静都没有，但药瓶快见底时，眼前开始闪过一道道红光与蓝光。药瓶从手中滑落，我溜倒在地。

沉寂大浪般退去，挡住那些卵石与贝壳，那些我生命之船触礁之后的所有碎片。

第
十
四
章

这是彻底的黑暗。

我只感觉到黑暗，感觉不到别的。我抬起头，好似一条虫子抬头，感觉黑暗。是谁在呻吟？随后一个坚硬的重物撞到我的脸，如同一堵石头墙，呻吟听不见了。

沉寂大浪般打了回来，安抚自己，如同黑色的潮水碰到一块落石，在恢复原先表面的平静。

一阵凉风刮过，我被极快的速度顺一条地下通道送入地下，随即风住。一阵乱哄哄的声响，似乎人多势众，在远处吵吵嚷嚷。随即人声消失。

有把錾子在撬我的眼睛，打开一道细细的光亮，如同一张嘴或者一道伤口，直到黑暗再次紧紧夹住了它。我试图从光亮处滚开，但几只手紧紧抱住了我的四肢，紧得像裹木乃伊的布条，我动弹不得。

我开始觉得自己一定是进了一间地穴，炫目的灯光照耀，地穴里挤满了人，不知为何他们全都要按住我。

然后那把錾子又来撬我，脑袋里头突然一亮，穿透浓厚温暖，令人毛骨悚然的黑暗，一个声音叫道：

"妈妈！"

风儿低语，轻抚我的脸庞。

我感觉身处一个房间，一个几只窗户洞开的大房间。脑袋下面堆着只枕头，身体在漂浮，毫无压力，在薄薄的被单之间。

然后感到温暖，仿佛脸上有只手。一定是躺在阳光下。要是我睁开眼睛，就会看到五颜六色，各种形状，朝我俯身，好像一些护士。

我睁开双眼。

一片黑暗。

有人在身边呼吸。

"我看不见。"我说。

黑暗中一个快活的声音说："世上盲人多着呢。有一天你可以嫁个盲人。"

那个手握錾子的人回来了。

"你干吗费劲？"我说，"没有用。"

"你可不能那么说。"他的手指头在我右眼上那个作痛的大包上戳一戳。然后解开了什么东西，出现一道光亮，参差不齐，就像墙上的一个洞。一个男人的手在那个洞边晃动。

"看得见我吗？"

"看得见。"

"看得见别的东西吗？"

那时我猛然想起来。"我什么也看不见。"那道缝变窄，随即变黑。

"瞎说！谁跟你那么说的？"

"是护士。"

那男的轻蔑地哼一声，把我眼睛上的绷带重新包好，说："你这姑娘运气好。视力完全没有受损。"

"有人来看你。"

护士笑逐颜开，不见了。

我妈笑嘻嘻地绕到床脚，穿一条带紫色大圆圈的裙子，模样够糟糕。

一个高个子男孩跟在她后头。起初我认不出这是谁，因为眼睛包着绷带只露一条缝，但随即就认出这是我弟弟。

"人家说你想见我。"

我妈侧身坐在床边，一只手放在我腿上。她满脸慈爱与责备，我只想打发她走开。

"依我看，我什么都没说过。"

"他们说你叫过我。"妈好像快哭了，皱起眉头，抖得像块浅色的肉冻。

"你身体怎么样？"弟弟问。

我直视我妈的眼睛。

"老样子。"我说。

"有人来看你。"

"我谁也不想见。"

护士忙走出去，对走廊里的谁叽叽咕咕。接着又回来了："他说非常想见你。"

我看看伸在人家给我换上的，不熟悉的白丝睡衣外面的两条黄腿，一动就发现皮肤松垮垮的，就像里头没有肌肉，而且盖满一层短而浓密的汗毛。

"是谁啊？"

"你认识的一个人。"

"叫什么名字？"

"乔治·贝克韦尔。"

"我不认识叫乔治·贝克韦尔的人啊。"

"他说他认识你。"

随后护士出去了，一个态度随便的男孩走了进来。"坐你床边不介意吧？"

他身穿白大衣，我发现他衣兜里还露出一只听诊器。我想大概是我认识的谁化装成了大夫。

本想有人进来就赶紧遮住两条腿的，可现在发现来不及了，于是我就由着它们伸在外头，让它们原形毕露，丑就丑，恶心就恶心。

"这就是我，"我心想，"我就这副尊容。"

"埃丝特，你还记得我，是不是？"我打那只好眼睛的缝隙斜看他一眼，另一只眼睛还睁不开，不过大夫说过几天就没事了。

那男孩直盯着我看，好像我是一只动物园新来的动物，他正准备纵声大笑。

"埃丝特，你还记得我，是不是？"他慢悠悠地说，是那种对笨孩子说话的腔调，"我是乔治·贝克韦尔呀。我和你是教友，你还和我埃莫斯特大学的室友约会过。"

那一刻我认出了这男孩的面孔，这张脸在记忆的边缘模糊盘旋，是那种我从来不屑于加上姓名的面孔。

"你在这儿做什么？"

"我是这家医院的实习医生。"

这个乔治·贝克韦尔怎么摇身一变就成了医生？我纳闷。

他也并不真的认识我，不过想见识一下发疯要自杀的女孩子什么模样。

我转身面壁。

"滚出去。"我说，"赶紧滚出去，永远别来。"

"我要照镜子。"

护士边哼歌边忙活，拉开一只又一只抽屉，把我妈给我新买的衬衣、裙子、睡衣掏出来，装进黑漆皮旅行箱里。

"为什么不能照镜子？"

我被穿上了一件紧身衣，灰白条纹，床垫布似的，还扎着一条亮闪闪的红色宽腰带。他们把我靠在一把扶手椅里坐着。

"为什么不行？"

"因为你最好别照。"护士扣上旅行箱，发出"啪"的一响。

"为什么？"

"因为你样子不好看。"

"哎呀，就让我照一下吧。"

护士叹口气，打开顶层抽屉，取出一面镶木框的大镜子，木框倒和抽屉相配，递给我。

起初我没发现问题是什么。这根本不是镜子，是一幅图画。

你根本说不清画中人是男是女，因为头发给剃掉了，满脑袋簇生的短毛，鸡毛似的。画中人的半个脸青紫，鼓得大而无形，边缘着色先是绿色，逐渐变为橘黄。那人的嘴则是淡褐色，两边嘴角各有一个玫瑰色的疮。

这张脸把好多亮色混到一起，真惊人。

我笑了。

镜子里那张嘴也咧开一笑。

"哗啦"一响，一分钟后，另一名护士冲进来。她看看破镜子，看看我，站在那堆瞎眼的白碎片旁边，接着把那个年轻护士推出房门。

"跟你交代过的！"我听到她说。

"可我只是……"

"跟你交代过的！"

我颇有兴致地听着。谁都可能把镜子掉到地上。真不明白她们干吗小题大做。

那位年长些的护士返身回来。两条胳膊交叠，瞪着我。

"七年走霉运。"

"什么意思？"

"我说，"护士提高嗓门，好像在和一个聋子讲话，"七年走霉运。"

那名年轻护士拿着笤帚簸箕来了，动手清扫那堆闪亮的碎片。

这时我说："那不过是迷信而已。"

"哼！"年长的护士对跪在地上忙活的护士呵斥道，"在那个你知道的地方，看人家怎么照料她！"仿佛我不在场一样。

从救护车的后窗我看得到熟悉的街道，一条接一条，逐渐变小，融入夏日绿色的远方。我妈坐在我一侧，我弟坐在我另一侧。

我假装不明白为何要把我从家乡小镇的医院送到城里的大医院去，好听听他们作何解释。

"他们要你入住特殊病房。"我妈说，"咱们医院没那种病房。"

"我愿意待在老地方。"

我妈嘴一抽："那你就该表现好一点儿啊。"

"什么意思？"

"你就不该打碎那块镜子啊。不然人家可能还让你待下去。"

可我当然知道，这事跟那块镜子一点关系也没有。

我坐在床上，被单一直拉到脖颈。

"为什么我不能起床？我没病。"

"要查房啦。"护士说，"查完房你就可以起来啦。"她拉开窗边那道帘子，露出邻床上一个年轻的意大利胖女人。

那意大利女人一头浓密的黑卷发，从前额开始往上长，小山一般堆在头顶，再垂挂到背后，瀑布一般，她只要一动，那一大堆头发就跟着动，就像用黑色的硬纸做成的。

这女人看我一眼，咯咯笑道："你为啥到这儿来呀？"还没等我回答又说："我到这儿来是因为我那有法国和加拿大血统的婆婆。"她又咯咯直乐。

"我丈夫明知我受不了她，还答应她可以来看看我们。等她一到，我就一直把舌头伸出脑袋，我停不下来。他们就把我送到急救室，再把我住进这家医院。"她嗓门一低，"和疯子住在一起。"

接着她说："你有什么病啊？"

我转过脸，正对她，露出那只鼓得老大、青紫的眼睛。"我自杀来着。"

那女人目瞪口呆。赶紧从床头柜上抓过一本电影杂志，装模作样翻起来。

我病床对面的弹簧门突然洞开，一大群穿白大衣的男孩女孩进来了，领头的是位白发苍苍的男士。他们全都堆一脸假笑，在我床尾站成一排。

"格林伍德小姐，您今天感觉如何？"

我试图判断这些人中是谁在问话，我讨厌和一群人对话。每逢和一群人对话我就不得不找出一位来，只和他讲。而我说话的时候，就感觉其他人一直在端详我，很不公平地占我的便宜。我还讨厌人家快快活活地打听你感觉如何，明明知道你感觉糟透了，还指望你说一声"感觉很好"。

"我觉得很糟。"

"很糟。"有人说。还有个男孩脑袋一低，浅笑。

有人往病历夹板上乱写。接着有人拉出一张严肃的面孔问："你为什么感觉很糟？"

我觉得这些聪明的男孩女孩当中，说不定有谁是巴迪·威拉德的朋友。他们就会知道我认识他，就会很想见识我，然后就可以扎堆儿说三道四，议论我。我绝不要任何认识的人来看我。

"我睡不着……"

他们打断我的话："可是护士说你昨晚睡着了。"我扫一眼这些新月形状的新鲜而陌生的面孔。

"我看不成书。"我提高嗓门，"我吃不下饭。"话一出口却想到，自从来到这儿，自己一直胃口很好，狼吞虎咽。

那群人转过身去，压低声音互相叽叽咕咕。最后，白发男士抬脚离开，说：

"谢谢你，格林伍德小姐。医院很快就会安排一位大夫来看你。"

这群人随即挪到意大利女人的床边。

"您今天感觉如何，……太太？"有人问，那名字很长，好几个L，像是托莫力洛太太。

托莫力洛太太咯咯笑："哦，大夫，我很好，很好。"然后压低嗓门，小声说了些什么，我听不清。人群中的一两个朝我这边扫一眼。

接着有人说："好的，托莫力洛太太。"有人上前，拉上那道犹如一堵白墙，把我们隔开的帘子。

在医院四堵砖墙之间的一块四四方方的绿草地上，我坐在木头长凳的一头，我妈坐在另一头，穿着她紫色大圆圈的裙子。她用手撑着脑袋，食指贴着脸颊，拇指托着下巴颏。

托莫力洛太太和一个笑呵呵的黑发意大利人坐在下手的折叠凳上。每次我妈动一下，她就模仿一下。此刻托莫力洛太太也食指贴着脸颊，拇指托着下巴颏，脑袋若有所思地歪着。

"别动，"我小声跟妈说，"那女人在模仿你。"

我妈转头去看，可是托莫力洛太太眨眼似的快，两只白白胖胖的手立刻放到大腿上，开始和朋友夸夸其谈。

"咦，她没学我的样啊。"我妈怪道，"人家根本没注意咱们。"

可一等我妈转向我，托莫力洛太太又学我妈方才的样子，双手指尖相对，挖苦地看着我，神情忧郁。

草坪上医生的白大衣白得晃眼。

只要我妈和我坐在那儿，在砖头高墙之间，在圆锥形的阳光照耀之下，一群大夫就会走过来，自我介绍："我是某某医生，我是某某医生。"

他们中间有的太年轻，我知道肯定不是真大夫。其中有个人名字古怪，居然叫作梅毒①医生！于是我开始留神可疑的假姓名。果不

① 原文为 Syphilis，意为梅毒。

其然，一个黑头发的家伙——长得很像戈登大夫，只是他皮肤黑，而戈登大夫皮肤白——走过来说"我是胰腺①医生"，和我握握手。

这些医生自我介绍之后便走开，在听得见我们交谈的距离内站住脚。可是我没法子不让他们听到而告诉妈妈，他们在记录我们所说的每一句话。我只好靠过去，对着妈妈耳朵讲悄悄话。

我妈立刻猛然往后一缩。

"哦，埃丝特，你要好好配合大夫呀。他们说你不肯配合。说你不肯跟这儿的任何医生交谈，进行职业疗法的时候，你也不肯动动手。"

"我必须离开这儿。"我认真和妈说，"那样我就会好起来。你给我弄到这儿来的，你给我弄出去。"

我以为只要说服妈妈把我从这家医院弄出去，我就可以左右她的同情心，就像那出戏中那个脑子患病的男孩子一样，使她相信何为上策。

我喜出望外，妈居然说："好吧，我想法子把你弄出去——就算只是去一个更好的地方。""要是我想办法弄你出去，"妈一只手放到我膝盖上，"你得答应我乖乖的啊！"

我猛然转身，笔直怒视那个名叫梅毒的大夫，他就站在我胳膊肘旁边，用一个小得简直看不见的拍纸簿做笔记。"我答应你。"我故意惹人注目地大声说。

---

① 原文为 Pancreas，意为胰腺。

那个黑人将食品车推进了病人的餐室。这家医院的精神病房很小——只有两条走廊，构成一个 L 形状，两边是房间，再就是职业治疗室背后凹进去一块地方的几张病床，我就住这里。L 形状的角落里还有一小块地方，一张餐桌，几把椅子，挨着一只窗户，这就是我们的休息室兼餐室。

通常是位枯瘦的白人老头给我们送饭，但今天换了个黑人。这黑人和一名穿蓝色细高跟鞋的女人在一起，她在教他怎么做。那黑人龇牙咧嘴，哧哧窃笑，一副蠢相。

黑人往我们桌上端来一只托盘，托着三只带盖的白铁盖碗，然后乒乒乓乓，把盖碗放下。那女人走了，反身把门锁了。

那黑人逐一放好盖碗，凹痕斑斑的银器，还有厚厚的白瓷盘子，一面干活儿，一面转动大眼珠子，愣愣地看着我们。

看得出来，我们是他头一回见识的疯人。

桌旁的人谁也不动手揭开白铁盖碗的盖子，护士站在后头，观察在她动手之前，我们谁会先揭开碗盖。

通常都是托莫力洛太太揭掉碗盖，然后小妈妈似的给大家分发食物。可是他们把她打发回去了，似乎没人想接她的手。

我饿死了，就揭开头一只盖碗的盖子。

"埃丝特，你做得很好呀。"护士高兴地鼓励，"请你取些豆子，再传递给大家好吗？"

我给自己舀了一些青豆角，转身把盖碗递给右手那个红头发的大块头女人。这是红头发头一回被允许坐在桌旁用餐。我见过她一次，在 L 形状走廊的尽头，站在一张敞开的门前，四方形的嵌入式窗户还带铁栏杆。

她曾一直粗野地大喊大叫大笑，朝路过的医生拍大腿，结果让照料那头病房的穿白大衣的男护工倚着暖气片，笑到肚子痛。

红头发女人从我手里夺过盖碗，一下子全扣在自己盘子里。青豆角在她面前堆成了山，还四下里撒到她大腿上、地板上，好似硬硬的绿草。

"哎呀，莫尔太太！"护士难过地说，"我看你今天最好回自己房间吃饭去。"

护士把大半豆角拨回盖碗，递给与莫尔太太相邻的人，把莫尔太太给带走了。沿走廊回房间的一路上，莫尔太太不断回身朝我们扮鬼脸，还发出难听得像猪叫的声音。

那个黑人回来收拾大家的空盘子，可大家还不曾分到豆角呢。

"我们还没吃好，"我对他说，"你可以等一等。"

"妈呀，妈呀！"黑人大惊小怪，眼睛瞪得溜圆，环顾四周。

护士去锁莫尔太太还没回，黑人侮辱地冲我鞠个躬。"马吉－马克小姐，请吧。"他压低喉咙道。

我揭开第二只盖碗，露出楔形的一大块通心面，冰冰凉，黏作一团，糨糊一般。第三只也是最后一只盖碗中，盛得满当当的是烤青豆角。

注意，我可是了如指掌，一顿饭不可能同时上两种豆子。

青豆角加胡萝卜，或者青豆角加豌豆，也许，但绝不会青豆角再加青豆角。那黑人就想瞧瞧我们会吃下去多少。

护士回来了，黑人退过一旁。我拼命大吃一顿烤青豆角。然后从桌旁站起身，绕到另一侧，到护士看不到我腰部以下的地方，到那个黑人背后，他正在收拣脏盘子。我收回一只脚，然后对准他小腿肚，用力狠踹一脚。

黑人嗷的一声怪叫，跳到一旁，朝我直翻眼珠子。"哎哟，小姐！哎哟，小姐！"他疼得直哼哼，直揉腿肚子。"您不该踢我呀，您不该呀，您真不该呀。"

"你活该！"我骂道，直瞪他的眼睛。

"难道今天不想起床？"

"不想。"我缩作一团，往床上钻得更深，把被单一直拉上去，蒙住脑袋。然后掀起被单一只角朝外窥探。护士正甩着从我嘴里拿下的体温计。

"你看，体温正常。"其实她来收之前我已经看过体温计了，我老这么干。"你瞧，体温正常。那你还老量它干吗？"

我想跟她说，我身体要是闹点儿毛病就对了，我宁愿身体出毛病也不愿脑子出毛病呀。可这想法好复杂，好累人，所以我只字不提，只往被子里钻得更深。

这时，透过被单，我感觉腿上有点儿压力，就探头看一眼。

护士把盛体温计的盘子放我床上了，自顾转身给我邻床的病友测脉搏，那人取代了托莫力洛太太。

我浑身涌起一阵捣乱的热血，恼人又迷人，好比一颗松掉的牙齿。我打个呵欠，动动身子，仿佛要翻个身，把一只脚伸到那盘子下面。

"哎哟！"护士叫得像喊救命，另一位护士赶紧跑过来。"看你干的好事！"

我把脑袋从被单下伸出来，瞪眼瞧瞧床边。被掀翻的搪瓷盘子周围，星星般闪亮着体温计的碎片，一球球水银在颤抖，好似天上的露珠。

"对不起，"我说，"没留神。"

护士怀恨地剜我一眼："你故意的，我看到了。"

她急匆匆走了，几乎同时，两名护工赶来，把我连床推走，一直推到莫尔太太住过的房间。不过，他们动手前，我还赶紧捞到一颗水银球。

但是，等他们一锁上门，我就发现那个黑人的面孔，犹如一轮糖浆色的月亮，在窗户铁栏外升起，可我装作没注意。

我把手指头张开一条缝，就像孩子握着一团小秘密，朝掌心窝着的那颗小水银球笑容绽放。要是把它丢到地上，它就会四分五裂，变为成千上万的自身复制品。要是把它们拢到一起，又会互相融合，严丝合缝，变为整体。

我对着这个银色的小球球，笑啊笑啊。

不敢想象他们如何对付的莫尔太太。

第十五章

菲洛米娜·吉奈黑色的凯迪拉克，轻盈穿过五点钟挤挤挨挨的交通，礼宾车的范儿。很快，车就要越过通向查尔斯酒店的一座小拱桥，而我，不假思索，要打开车门，冲过不绝如缕的车流，扑向拱桥的栏杆，只一跃，河水就会没过我头顶。

优哉游哉，手指之间的舒洁纸巾就被我搓成了一个小球，药丸大小。我在等机会。我坐在凯迪拉克的后座正中，我妈在我这一侧，我弟在我那一侧。二人身子都略略前倾，好似两根对角杆，各把一张门。

我前头是司机的大肥脖子，颜色就像午餐肉，夹在一顶蓝帽子和一件蓝夹克衫的肩膀中间。他旁边是菲洛米娜·吉奈的银发和翠绿羽毛帽，犹如一只异国飞来的柔弱小鸟。

不知道打哪儿冒出个吉奈太太。只晓得她对我的病例深感兴趣，而且从前她在职业峰巅时，也被送进过疯人院。

我妈说吉奈太太从巴哈马群岛给她拍了份电报，太太是从一份波士顿的报纸上获悉我情况的。电报问："此事是否与某个男孩子相关？"

要是与任何男孩子相关，吉奈太太当然就不会多管闲事了。

可是我妈回复的电报说："无关，是埃丝特创作的事。她觉得自己再也无法写作了。"

于是乎，吉奈太太就飞回波士顿，把我从那家市立医院逼窄的病房弄了出来，现在要给我送进一家私立医院，那地方有运动场、高尔夫球场还有花园，好比一家乡村俱乐部，她要为我支付费用，就像我在享受奖学金，直到那家医院她认识的大夫们把我给治好。

我妈叮嘱我要心怀感激，说我已花尽了她全部积蓄，要不是吉奈太太，她真不知道我会待在哪里。可我知道我会待在哪儿。我会待在乡下的州立大医院，紧挨着这家私立医院。

我明白该对吉奈太太心怀感激，可惜我一点儿感激之情也没有。就算吉奈太太给我一张去欧洲的机票或者环游世界的船票，对我其实也毫无区别，因为不论坐在什么地方——轮船甲板上，还是巴黎、曼谷的街头咖啡馆里——我都像罩在同一只玻璃钟形罩瓶之下，呼吸自己的酸腐之气，备受煎熬。

蓝天在河上敞开穹顶，而河上船帆点点。我跃跃欲试，但妈妈和弟弟就立刻各自伸手拉住车门把手。轮胎轻快地发出哼声，驶过拱桥的网格。流水、船帆、蓝天、翱翔的海鸥，一闪而过，好似一张虚幻的明信片，我们过桥了。

我坐回灰色的豪华车座，闭上双眼。周围充斥钟形罩瓶的空气，我动弹不得。

我又有了专属自己的房间。

这屋子让人想起戈登大夫的医院——一张床、一只梳妆台、一只衣柜、一只饭桌加一把椅子。一只窗户，带纱窗，但没有铁栏杆。我的房间在一楼，那窗户距铺满厚厚松针的地面很近，俯瞰一座林木丛生的院子，四周一道红砖围墙。要是跳楼，连我的膝盖都伤不着。

高墙内侧表面光滑如镜。

桥上一幕令我灰心丧气。

我错过了一个绝好机会。那河水白白流过我身边，就像没碰过的一杯水嘛。我怀疑就算我妈我弟不在场，我也不会采取跳车的行动。

在这家医院登记入住的时候，一位身材苗条的年轻姑娘走过来介绍自己："我是诺兰大夫，是埃丝特的主治医生。"

女医生给我治病，出人意料。我不知道精神病医生居然还有女的！

这位女大夫是莫娜·洛伊①和我妈的混合体。她身穿白衬衫，配一条宽下摆的裙子，一条宽皮带束紧腰身，戴一副时髦的月牙形眼镜。

可是，护士带我穿过草坪，来到我将入住的，名为卡普兰的这座幽暗的砖楼之后，诺兰大夫并没来看我，倒是来了一群陌生的男人。

我盖着厚厚的白毯子躺到病床上，他们就进了我房间，一个接一个，介绍自己。真不懂为何来了这么多人，为何他们要介绍自己，我开始觉得他们要戏弄我，想看看我是否注意到来了这么多人，我心存戒备。

---

① 莫娜·洛伊（Myrna Loy, 1905—1993）：美国著名女演员。

终于，一位帅气的白发医生进来了，称自己是医院的董事。然后就大谈清教徒啦、印第安人啦，他们如何占有了这片土地啦，附近什么河流过啦，谁创办了第一家医院啦，医院又如何被烧毁啦，谁修建了第二家医院啦，直到我嘀咕他一定是在等着瞧我何时打断他，告诉他，我晓得那些河流啦、清教徒啦，统统是胡说八道。

但我又犯嘀咕，他有的话也许是真的，就想理清楚哪些话是真，哪些话是假，可还没来得及理呢，他却道了声再见。

我等着所有那些医生的声音渐渐消逝。然后掀开白毯，穿上鞋，出门来到走廊上。没人拦我，我拐过我那侧走廊的转角一直走，来到另一道更长的走廊，路过一间敞开的饭厅。

一名绿制服的女仆正开晚饭桌，居然有雪白的亚麻台布、玻璃杯、纸餐巾。我把人家有真玻璃杯的事悄藏心底，好比小松鼠悄藏坚果。在市立医院，我们用纸杯喝水，切肉也没刀子，肉总是煮得烂烂，用叉子对付足矣。

终于来到一间大休息室，家具破旧，地毯露线头。一名黑发短短，脸蛋圆圆的女孩坐在一把扶手椅上，正看杂志。她令我想起我从前的一个女童子军队长。瞟一眼她的双脚，果然，穿的是那种褐色平底皮鞋，脚背上流苏边的鞋舌交叠，据说非常适合运动，鞋带端头还带貌似橡果的小结子。

那女孩抬起目光，嫣然一笑，说："我叫瓦莱丽亚。你叫什么？"

我装作没听见，走出休息室，来到下一条走廊的开端。路过一道齐腰高的栅门，门后头看到几名护士。

"人都去哪儿了？"

"出去啦。"一名护士在往一叠小胶条上一遍一遍写东西，我靠到门的栅栏上张望她写的是什么。原来是大写字母 E。

E. 格林伍德，E. 格林伍德，E. 格林伍德，E. 格林伍德。

"出去上哪儿啦？"

"哦，职业治疗室，高尔夫球场，羽毛球场，都有。"

我发现护士身旁的椅子上有堆衣裳，与我打碎镜子那天，那家医院的那个护士往那个黑色旅行包里装的衣裳相同。这位护士开始把胶条标签往那些衣服上贴。

我往回走到休息室。真不明白这些人在干什么，打羽毛球和高尔夫！玩那些东西，肯定根本没生病。

我坐到瓦莱丽亚附近，认真观察她。对，我心想，她这样子放到女童子军夏令营也合适。她看着一本翻得稀烂的《时尚》杂志，津津有味。

"她到底来这儿来干吗？"我纳闷，"她一点儿也没病。"

"我吸烟，你介不介意？"诺兰大夫边问，边靠向紧挨我床边的椅子后背。

我说不，我喜欢烟味。我想，要是诺兰大夫吸支烟，就能待得久些。这是她头一回来和我交谈。她一走，我就会重陷原来的空虚。

"跟我说说戈登大夫吧，"诺兰大夫突然提起，"你喜欢他吗？"

我警惕地看大夫一眼，觉得医生们肯定沆瀣一气，而且在这家医院的什么地方，隐秘的角落里，也藏着一台机器，跟戈登大夫的那台一模一样，时刻准备把我打得魂飞魄散。

"不，"我回答，"完全不喜欢他。"

"那倒有意思。为什么呀？"

"不喜欢他对我做的事。"

"他对你做什么啦？"

我告诉诺兰大夫那台机器，那些蓝色闪光、那重击和啸叫。我说这些的时候，她深深沉默。

"那是错的，"后来她说，"不应该那样子。"

我盯着她。

诺兰大夫说："治疗要是做得正确，病人就会像睡了一觉。"

"谁要是再那样对付我，我就杀死自己。"

诺兰大夫肯定地说："在这儿，你不用做电击治疗的。即使要做，"她补充一句，"我也会事先告诉你。我向你保证，绝不会像你以前做过的那样。咦，"她最后说，"有些病人甚至还喜欢这种治疗呢。"

诺兰大夫走后，我在窗台上发现一盒火柴。盒子不是普通大小，而是极小。打开一看，是一排粉红头的白色小棍。我试着点一根，结果断在手里了。

想不明白诺兰大夫干吗要给我留下一盒这种蠢东西。

也许她想试试看我会不会交还给她。我仔细把这些玩具火柴藏到我新羊毛浴袍的褶边里头。要是诺兰大夫问我要，我就说我以为火柴是用糖做的，给吃了。

隔壁病房新来了位女病友。

我琢磨她一定是楼里唯一比我来得更晚的病人，因此她就不会知道我病得有多厉害，不像其他病人那么了解我。我想也许应该进她屋子看看，和她交个朋友。

她躺在病床上，身穿一条紫色长裙，用只贝雕胸针把裙子系在脖子上，裙子长到她膝盖与鞋子中间。她的头发铁锈色，挽成一个女学究式的发髻，一根黑橡皮筋上挂着一副镶薄银边的眼镜。

"你好，"我在她床边坐下，跟她搭话，"我名叫埃丝特，你叫什么名儿？"

她纹丝不动，尽管瞪着天花板。我很受伤，心想也许她初来乍到时，瓦莱丽亚或者别人已经告诉过她我有多蠢。

"哦，你在这儿呀，"护士对我说，"来看望诺里斯小姐哪。多好呀！"话音一落就消失了。

不知自己在那儿坐了多长时间，定定地看着这个紫色的女人，纳闷她那粉红的嘴唇何时会张开，若真的张开，又会说出什么话来。

终于，一声不吭，也一眼不看我，诺里斯小姐抬起身，将那双穿着带纽扣的高腰黑皮靴的脚甩到床铺另一侧，走出病房。我猜她也许想以狡猾的方式摆脱我，就悄悄拉开一段距离，跟在她身后，顺走廊朝前走。

诺里斯小姐走到餐厅门口停住脚。一路上她走得非常精准，两脚一直踏着纵贯地毯正中的那些你缠我绕的洋蔷薇图案。这一刻，她等了一会儿，然后先迈一只脚，再迈另一只，越过门槛，进了餐厅，仿佛跨越了一道看不见的高及胫骨的阶梯。

她在一张盖着亚麻台布的圆餐桌旁坐下，打开一块餐巾，铺到腿上。

"离晚饭还有一个小时呢。"厨师打厨房喊了一声。

可诺里斯小姐不回应，尽管直视前方，神情还彬彬有礼。

我拉开她对面的一把椅子，也坐到餐桌旁，打开一块餐巾。我俩都不言不语，坐在那儿，在亲似姐妹的静默中，直坐到走廊响起晚饭钟。

"躺下，"护士吩咐，"我要再给你打一针。"

我在床上翻身趴下，拉起裙子。然后脱下丝睡衣的裤子。

"哎哟，瞧你底下都穿了些什么呀？"

"睡衣呀。这样我就不用老是穿了脱，脱了又穿的。"

护士弄出回避的小声音。接着问："打哪边？"这是个老笑话。

我抬头回望一眼自己的光屁股，两侧臀部都已被针打得又青又紫，左边看起来比右边颜色更深。

"打右边。"

"你说打哪儿就打哪儿。"护士的针头猛地扎进去，我畏缩一下，品咂着这一下小痛的快意。一日三次，护士给我打针，每次打针后约一小时，再给我一杯加糖果汁，而且站在旁边看着我喝下去。

"你运气好呀，"瓦莱丽亚说，"在给你用胰岛素呢。"

"什么效果都没有。"

"哦，会有的。我已经用过了。等你起反应了就告诉我。"

可我似乎从没起任何反应，只是变得越来越胖。妈妈给买的那些本来嫌大的新衣裳已经撑得紧绷绷。我瞧瞧自己胀鼓鼓的肚皮，圆溜溜的屁股，觉得吉奈太太没看到我这副尊容，真是好事，因为如今我样子就像个快生宝宝的孕妇。

"见过我的伤疤没有？"

瓦莱丽亚推开她黑色的刘海，指着两处浅色疤痕，分别在她前额两侧，就好像某个时候她头上曾长过犄角，可后来又给割掉了。

我俩在散步，就我们两人，遵照精神病院的运动疗法。最近准我享受散步特权的机会越来越多。人家根本不准诺里斯小姐出病房。

瓦莱丽亚说，诺里斯小姐不该住在卡普兰，应该住到重病号待的威马克。

"知道这是些什么伤疤吗？"瓦莱丽亚不忘老话题。

"不知道。是什么呀？"

"我做了脑额叶切除术。"

我看看瓦莱丽亚，敬畏不已，头一回赞赏她永恒的宛若大理石的沉静。"你感觉如何？"

"挺好。再也不生气了。以前我老是生气。我以前住威马克，现在住卡普兰。如今我可以进城了，逛店了，看电影了，有个护士陪着。"

"出院后你打算做什么？"

"哦，我不出院。"瓦莱丽亚大笑，"我喜欢这儿。"

"搬家日到咯！"

"为什么要搬家？"

护士兴高采烈地忙着开抽屉、关抽屉，清空衣柜，把我的东西叠好，塞进黑色的旅行箱。

我以为人家一定是要打发我去威马克。"哎呀，只是把你搬到前楼去，"护士乐呵呵地说，"你会喜欢的，阳光充足得多。"

等我们出得病房门，来到走廊，我看到诺里斯小姐也在搬家。一名护士，和我的这位一样，年轻活泼，站在诺里斯小姐房间的门口，正帮她穿上有一溜松鼠皮毛领的紫色大衣。

一小时又一小时，我守在诺里斯小姐的床边，拒绝了职业治疗室的活动、散步、羽毛球赛，甚至每周的电影。这些我都喜欢，而这些诺里斯小姐从不参加。而我放弃这些，就为琢磨她那缺乏血色、一声不吭的嘴唇。

我想，要是她张嘴说话，该多么令人激动呀，我就要冲到走廊上对护士宣布这好消息。她们就会夸奖我给了诺里斯勇气，我就可能会获准得到逛商店、进城看电影的特权，那逃跑的计划就有保证啦。

可惜我一直守，一直守，诺里斯小姐就不开口。

"你搬到哪儿去呢？"此刻我问她。

护士碰碰诺里斯小姐的胳膊肘，诺里斯小姐就猛然一动，活像一个轮子上的玩偶。

"她搬去威马克，"我的护士小声告诉我，"恐怕诺里斯小姐不像你，你升了一级。"

我目睹诺里斯小姐抬起一只脚，然后再抬另一只，跨越那道看不见的挡在门口的阶梯。

"我有惊喜给你哟。"护士一面把我安顿在前楼俯瞰一片绿色高尔夫球场，洒满阳光的屋子，一面说，"今天会有个你认识的人来看你。"

"我认识的人？"

护士大笑道："别那样瞪着我呀，要来的又不是警察。"看我不说话她又加一句："她说她是你的老朋友，就住在隔壁，你干吗不去看看呢？"

我想护士一定在开玩笑。我要是敲隔壁的门，听不到回应，再进去一看，准是诺里斯小姐，穿着她那件紫色的松鼠皮毛领大衣，躺在病床上，她的嘴唇正在她安安静静，花瓶般的身体上绽放，恰似一个玫瑰花苞。

可我还是出去，敲敲隔壁房间的门。

"请进！"一个快活的声音叫道。

我推开条门缝，窥探一番。只见坐在窗台上的那个牛高马大、穿条马裤的女孩子仰起脸，冲我一个大大的笑。

"埃丝特！"她喘不过气似的惊叫一声，仿佛跑完一段长长的，长长的距离，刚刚停下。"见到你真高兴！她们告诉我你在这儿。"

"是琼？"我迟疑不决地问，接着大叫"是琼！"我大惑不解，无法置信。

琼乐开了花，露出她那两排闪闪发亮的，绝不会错的大牙。

"真的是我。我知道你会惊喜的。"

第
十
六
章

　　琼的房间里，衣柜、梳妆台、餐桌、椅子、白毯，上面都贴着一张胶条，都有个大大的蓝色字母 C，一切东西就是我房间的镜中成像。我忽然心生一念，琼会不会是听说了我住的地方，就假装有病，故意在精神病院订个房间，不过来开个玩笑而已，那也就解释了她告诉我的护士是我朋友的原因。

　　"你怎么到这儿来了？"我蜷在她床上。

　　"从报上看到你的事了呀。"琼回答。

　　"什么？"

　　"从报上看到你的事，我就跑了。"

　　"你什么意思呀？"我不动声色。

　　"哎，"琼往精神病院印花布面的扶手椅背上一靠，"我暑假打工，为一个兄弟会分会的头头干活儿，就像梅森家那种，你懂的，但不是梅森家，感觉糟透了。大脚趾又生了囊肿，简直没法走路——过去这几天，我只好不穿鞋，改穿橡皮靴子干活儿，你想得出我情绪有多低落……"

　　我想，要么琼是疯了——穿橡皮靴子干活儿——要么她就是想看看我有多疯，相信了报上登的那些事。再说了，只有老人才大脚趾长囊肿呢。我决定假装我认为她疯了，不过要哄得她高兴。

"疼死了。而且我老板——他刚跟他老婆分居，没法彻底脱身，办离婚，因为不合兄弟会的规矩——嗡嗡嗡，不停地烦我。我脚一动就疼得要命，可刚坐到桌子旁边，老板就蜂鸣器一样，开始嗡嗡嗡，说真巴不得有别的事好一吐为快才好……"

"那你干吗不辞工？"

"哦，我辞了，差不多算辞了，请病假不上班。我不出门，谁也不见。把电话藏到抽屉里，绝不接……

"后来我的大夫就打发我来这家大医院看一个精神病专家。我和大夫约的是十二点，我情况糟透了。结果等到十二点半，前台接待员才出来说那位专家吃午饭去了。问我愿不愿意等，我说好。"

"那大夫回来了吗？"这故事听起来前言不搭后语，琼好像不是在瞎编，但我由她说下去，倒看看最后怎么收场。

"哦，对了，我就会自杀，你留神，我说：'要是大夫治不好我，那就完了。'唔，接待员就带着我，顺一条好长的走廊往前走，到了大夫门口，她转身跟我说：'大夫和几名学生在一起，你不介意吧？'我还能怎么说？'哎呀，不介意。'我说。我走进去，结果发现九双眼睛盯着我看。九双！分开就是十八只眼睛。"

"哼，要是那个接待员早告诉我屋子里有九个人，我会拔腿就走。可是既然已经来了，还能怎么办。唔，在这个特殊的日子，我碰巧穿了件皮大衣……"

"在八月份？"

"嗯，那天是八月那种又冷又潮的日子，而且我想，头一回见专家嘛——你懂的。总之，我和他说话的时候，这个专家就一直打量我那件皮大衣，我看得出来，我要求不付全费，只付学生享受的减价时，他心里怎么想的。我看得出来他眼睛里头只有钱。哼，我告诉他，我不知道怎么回事——大脚趾长囊肿啦、电话机藏进抽屉啦、我想自杀啦——然后他就要我到外头等着，他要和其他人讨论我的病历。等我被叫进去，你猜他怎么说？"

"怎么说？"

"他两手一叠，看着我说：'吉林小姐，我们认为小组治疗对你有好处。'"

"小组治疗？"我觉得自己听起来一定很假，假的就像空室回音，可琼毫不留意。

"他就那么说的。你能想象吗，我想自杀，前来和一群陌生人谈这事，可他们当中多数人绝不可能比我强……"

"那太荒唐了。"我不由自主卷进这话题，"甚至没人性呀。"

"我正是这么说的呀。我直接回家，给那个大夫写了封信。给他写了一封够漂亮的信，说他那样的人根本没资格装模作样帮助病人……"

"你收到回信了？"

"不知道。就在那天我看到了关于你的报道。"

"你什么意思？"

"对呀，"琼接着说，"就是报道警察如何以为你死了，等等。我什么地方收着堆剪报呢。"她站起身，一股强烈的马的气味直刺我鼻子。琼曾经是学校年度马术障碍赛冠军，我嘀咕她是否一直睡在马厨里。

琼在她打开的箱子里乱翻，找出一把剪报。

"这儿呢，瞧瞧吧。"

头一张是幅放大的照片，一个黑眼影黑嘴唇的女孩咧嘴大笑。无法想象这么放荡的照片在哪儿拍的，直到发现那对布鲁明戴尔的耳环和那条布鲁明戴尔的项链在闪光，反衬着鲜明白底的新闻特讯，活像人造的星星。

持奖学金女孩失踪其母牵肠挂肚

照片下方报道这个女孩如何于八月十七日离家出走，身穿一条绿裙子，一件白衬衣，还留下字条说出门散长步。*格林伍德小姐半夜不归之时，*报道称，*其母向当地警察电话报警。*

第二张简报上是我妈、我弟和我站在一起，在我家后院，全都喜笑颜开。我也想不起来谁拍的这张照片，直到发现我穿的是工装裤，白球鞋，才想起来这是那个采摘菠菜的夏天我穿过的衣服，以及那个炎热的下午，多多·康维如何顺便到访，就给我们一家三口拍了些合家欢快照。*格林伍德太太要求我们刊登这张照片，希望能促使女儿回家。*

失踪女孩恐携安眠药

一张光线黑暗，半夜拍的照片上是树林里十来个长着圆脸的人。

我觉得排在末尾那些人样子古怪，分外矮小，直到发现那些根本不
是人，是群狗。*已出动警犬帮助寻找失踪女孩。比尔·明德里警长
称：情况不妙。*

失踪女孩找到，活着！

最后一张照片显示，几名警察抬着一卷长长的，软软的毯子，
露出一个特征不明，卷心菜似的脑袋，装进救护车尾部。接着报道
说，我妈如何下到地下室，洗一星期的脏衣服，忽听到一个废弃的
洞里传出呻吟声……

我把这些剪报放到雪白的床罩上。

"你留着吧，"琼说，"你该把它们贴到剪贴簿上。"

我把剪报叠起来，塞到衣兜里。

"我看到关于你的报道，"琼继续说，"说的不是他们如何找到你，
而是在那之前的所有情况，就把钱一拢，赶头班飞机去纽约了。"

"为什么去纽约？"

"哦，我觉得在纽约自杀容易些。"

"你干什么啦？"

琼不好意思地咧嘴一笑，伸出一双手，掌心朝上。只见她两只
手腕上都拱着一条大大的，红红的伤疤，活像极小的山脉，横贯雪
白的肌肤。

"你怎么干的？"我头一次想到琼和我也许有些共同语言。

"我用拳头打穿了我室友的窗户。"

"什么室友？"

"我以前大学的室友。她在纽约工作，而我想不出还有什么别的地方可待，兜里分文不剩，就去和她住。"

"我父母到那儿找到我——她给他们写信说我行为反常——我老爸就直接飞过去把我接回家了。"

"可你现在好了呀。"我口气像正式表态。

琼用她那双明亮溜圆的灰眼珠琢磨着我。"我看是的。"她说，"你不是也好了吗？"

晚饭后我睡着了。

不料被一个很大的声音惊醒。*班尼斯特太太！班尼斯特太太！班尼斯特太太！班尼斯特太太！*我把自己拉出梦境，发现自己两手正在拍打床架，大声叫喊。那个滑头别扭的夜班护士连忙赶来。

"这个给我，我们可不要你把它给弄碎咯。"

她解下我手腕上的表。

"怎么啦？出了什么事？"

班尼斯特太太的脸一抽，闪过一个微笑。"你有反应啦？"

"反应？"

"是啊，你感觉如何？"

"怪怪的，有点儿轻飘飘的。"

班尼斯特太太扶我坐起来。

"现在感觉会好些。很快感觉就好多啦。要不要喝杯热牛奶？"

"要。"

班尼斯特太太把杯子凑到我嘴边，滚烫的牛奶喝下去时，我舌头直扇，酣畅地大口品尝，如同宝宝品尝母亲的乳汁。

"班尼斯特太太跟我说你有反应了。"诺兰大夫坐在窗边的扶手椅上，拿出一只极小的火柴盒，和我上次藏进浴袍褶边的那个一模一样。一时间，我暗想是不是被护士发现了，悄悄还给了诺兰大夫。

诺兰大夫在火柴盒侧面划了根火柴，点燃一道黄色的火焰，我看着她把火吸入香烟。

"班太太说你感觉好些了。"

"有阵子是感觉好些了。可现在又是老样子。"

"我有消息告诉你。"

我等着。如今每一天——因为我不知道多少天了——我上午、下午、晚上都裹着我那床白毯子，坐在那个角落的折叠躺椅上，假装看书。我模糊认为，诺兰大夫允许我混一定日子，然后就会跟我说戈登大夫说过的同样的话："很遗憾，你的病情看来不见好，我想你最好试试电击疗法……"

"唔，不想听听是什么消息吗？"

"什么啊？"我迟钝地问，振作起来。

"这段时间你不能再见任何来访的人。"

我直视诺兰大夫，喜出望外："哎，那太好了。"

"我想你会高兴的。"她笑了。

然后我看一眼，诺兰大夫也看一眼，梳妆台旁的那只字纸篓，那儿伸出来十几枝长茎玫瑰血红的花蕾。

那天下午我妈曾来看过我。

那一长串来看过我的人当中只能是我妈——我从前的雇主，那位《基督教箴言报》的女士，她和我一起在草坪上溜达，大谈《圣经》中从地上腾起的那片薄雾，说薄雾是误觉，说我的全部问题就在于相信那个薄雾，只要我不再相信，那东西就会消失，我就会发现自己其实一直都很好。还有我的中学的英文老师，他想来教教我如何玩拼字游戏，因为觉得许能唤起我原先对词汇的兴趣，还有菲洛米娜·吉奈本人，她对大夫们的治疗完全不满意，不断横挑鼻子竖挑眼。

我讨厌这些访客。

我会坐在凹室或房间里，笑盈盈的护士会忽然探进头来，通报一位或另一位客人到访。有一回，他们还把那位一神教会的牧师给弄来了，那人我从来就不喜欢。从头到尾他都紧张得要命，看得出来，他认为我真是个疯子，因为我跟他说，我相信地狱，有些人，比如我，死前必须活在地狱里，好补上死后不下地狱的缺失，既然这些人不相信有来生；还有，每个人相信的东西，死的时候就会发生在他身上。

我讨厌这些来访，因为我不断感觉到访客们在拿我的肥胖和细长干枯的头发与我从前的模样与他们所期待的我做着比较，我知道他们离开时纷纷惶惑不安。

我觉得他们不理我的话，我还能得些安宁。

我妈最烦人。她从不责备，却总是愁容满面，恳求我告诉她，她做错了什么。她说她肯定大夫们认为她做错了什么事，因为大夫们问了她好些关于儿时训练我大小便的问题，而我很小就训练有素，根本就没给她添过什么麻烦。

那天下午，我妈给我买了那些玫瑰花。

"留着给我的葬礼好了。"我说。

我妈脸一皱，就快哭了。

"可是埃丝特，你不记得今天是什么日子了吗？"

"不记得。"

我想也许是情人节。"今天是你生日呀。"

一听这个，我就将那把玫瑰扔到字纸篓里了。

"她这么做太蠢啦。"我对诺兰大夫说。

诺兰大夫点点头，似乎懂我的意思。"我讨厌她。"我说，等待着打击从天而降。

但诺兰大夫只是对我微笑，仿佛什么事情令她非常非常开心，道："我猜也是。"

第十七章

"你今天运气好呀。"

小护士端走我的早饭盘，帮我裹好白毯子，就像甲板上呼吸海风的游客那样子。

"我为什么运气好？"

"唔，没把握该不该就让你知道，不过今天你要搬去贝尔塞茨啦。"护士期待地看着我。

"贝尔塞茨？"我说，"我去不了那儿。"

"为什么去不了？"

"还没准备好，身体不够好呀。"

"当然够好啦。别担心，你要不够好的话，人家就不会让你搬过去。"

护士走后，我煞费脑筋，想弄明白诺兰大夫采取新行动什么意思。她想证明什么呀？我一点儿没改变，什么也没变。而贝尔塞茨乃医院最好的病室。从贝尔塞茨出院，人们就可以回去工作，回去上学，回自己的家了。

琼会在贝尔塞茨。琼带着她的物理书、高尔夫球棒、羽毛球拍，还有她声大气粗的嗓门。琼，在我和快痊愈的人们之间，划出一条鸿沟。自打琼离开卡普兰，我就一直通过精神病院的小道消息，追随着她的进步。

琼获得散步特许；琼获得逛街特许；琼获得进城特许。

我把琼的消息攒成小小的，苦涩涩的一堆，尽管听说这些好消息时装作高兴。琼是我往日辉煌的一道闪亮的影子，旨在跟着我，折磨我。

也许等我搬去贝尔塞茨，琼就出院了。

至少，在贝尔塞茨，我可以忘掉电击疗法。在卡普兰，不少女病友挨过电击疗法。我能看得出哪些人挨过，因为她们没法和我们一起得到早餐托盘。我们吃早餐时，她们在做电击治疗，然后就去休息室，一声不响，垂头丧气，由着护士引领，小孩子似的，在那儿吃早饭。

每天早晨，一听到护士用早餐托盘敲敲我的门，就如释重负，因为明白那一天就没危险啦。不知道做电击治疗时，诺兰大夫怎么判断你睡着了，要是她自己从没体验过电击疗法的话。她怎么知道一个人不止*看起来*睡着了，而且自始至终，五脏六腑，都经受着那蓝色电流击打与啸叫的折磨？

走廊尽头传来钢琴声。

晚餐时我静静坐着，倾听贝尔塞茨的女病友们聊天。她们个个打扮时髦，妆容精致，有几位已结婚成家。有些人进城逛过街，有些人出去看过朋友，晚饭时鸡一嘴鸭一嘴，不停地开些私密玩笑。

"我要给杰克打电话，"一个名叫迪迪的说，"可惜恐怕他不在家。不过，我知道该往哪儿给他电话，他必定在那儿，准没错。"

和我同桌的那个举止活泼的矮个子金发女郎，大笑道："我今天差点儿就让洛林大夫从了我呢。"她睁大蓝星星般的漂亮眼睛，活像个小玩偶。"拿老珀西换个新模特儿，我可不介意哦。"

屋子对面尽头，琼正狼吞虎咽着午餐肉和炖土豆，胃口好极了。她和这些女人似乎如鱼得水，对我却冷冰冰，带一分鄙视，就像面对一个等而下之的熟人。

晚饭后我已上床，但这时听到钢琴声，便想象琼和迪迪，和劳贝尔，那个金发女郎，还有其他那些人，在起居室背后笑话我，说我闲话。她们会说，在贝尔塞茨有我这么个人多可怕，我应当待在威马克才是。

我决定制止她们的胡说八道。

把毯子松松地包在肩上，披肩似的，我顺着走廊，朝有灯光和快乐人声的地方款款走去。

这晚上的其他时光，我聆听迪迪在大三角钢琴上弹着几首她自己写的歌曲，其他女人随处围圈，边打桥牌边闲聊，和在大学生宿舍一个样，只是多数人的年龄比学生要大上十来岁。

其中一位高大壮硕，灰白头发的女人，嗓音浑厚洪亮，名叫萨维奇太太，曾就读瓦萨学院①，我判定她来自上流社会，因为她满嘴都是初入社交界的女子如何如何。似乎她有两三个女儿，那一年全都要进入社交界，惜乎她把女儿们首入社交界的宴会给搅黄了，因

---

① 瓦萨学院：美国纽约的一所文科学校。

为她自己登记入住了精神病院。

迪迪有支歌叫《送奶工》，众人纷说她该拿去发表，肯定会红。开头，她双手在键盘上噼噼地奏出一段可爱的旋律，活像一匹小马慢步悠悠的蹄声，接着，另一段旋律加入进来，活像一名送奶工的口哨声，最后，两段旋律相汇交融。

"太好听了。"我挑起话头地评论。

琼倚着钢琴的一只角，在翻新一期的时尚杂志，迪迪朝她仰脸会心一笑，仿佛二人共享着什么秘密。

"哎呀，埃丝特，"琼随即举起杂志，大惊小怪道，"这不是你吗？"

迪迪停止弹奏道："给我看看。"她拿过杂志，朝琼指点的那一页看看，又回头瞟我一眼。

"哦，不是的！"迪迪说，"肯定不是的。"她再看看杂志，再看看我："绝不是的！"

"哎呀呀，就是埃丝特，是不是啊，埃丝特？"

劳贝尔和萨维奇也飘然而至。假装知道这是怎么回事，我也跟着走近钢琴。

杂志刊载了一张照片，是个穿白色绒毛露肩晚礼服的女孩子，咧嘴大笑，笑得险失体统，身边簇拥着一大帮男孩子。女孩手举满满一杯透明饮料，仿佛目光定在了站在我肩膀背后的什么人。这时，我脖子后面，左边近旁，吹来一股气息，我一转身。

夜班护士进来了，穿双软橡皮跟鞋，悄无声息。

"别开玩笑，"她说，"真的是你啊？"

"不，不是我。琼搞错啦。那是别人。"

"哎呀，承认就是你吧！"迪迪嚷嚷。可我装作没听到，转身走开。这时劳贝尔央护士在桥牌桌上凑第四个数，我随手拉过把椅子，坐近观战，虽说对桥牌一窍不通，因为在学校时，根本没时间像有钱人家的女孩子那样学会它。

我瞪着那些扑克牌上王、后、杰克们扁平的面孔，听着护士叹她的苦经。"你们这些太太小姐哪里知道打两份工的苦哇，"她怨着，"晚上还得来这儿值夜班，看着你们……"

劳贝尔咯咯笑道："哦，我们很乖的，所有病人里我们表现最好，你了解的呀。"

"嗯，你们是不错。"护士递给大家一包绿薄荷口香糖，再自己剥开一张锡纸，剥出粉红色的一片，"你们是不错，就是那些州立医院的呆瓜们真把我急得手忙脚乱。"

"那你在两家医院工作？"我忽感兴趣。

"那还用说。"护士瞪我一眼，看得出来，她认为我根本没资格住贝尔塞茨，"你可不会喜欢那地方的，简小姐。"

我好奇怪，护士明明知道我姓名，偏要叫我简小姐。

"为什么呀？"我穷追不舍。

"哦，那地方可不舒服，不像这儿。这儿是正规的乡村俱乐部。那儿，啥也没有。更别提技能治疗室，散步之类啦……"

"为什么不能散步？"

"人——手——不——够！"护士耍个计谋，赢了一大把，劳贝尔气得直哼哼。

"女士们，信我好了，等我攒够了钱，给自己买辆车，我就洗手不干啦。"

"你也要离开这儿吗？"琼刨根问底。

"那还用说。到那时就只接私人病例。等想干的时候……"

可我不想听下去了。

我觉得护士就是在给我指点选择，要么我好起来，要么就坠落，向下，向下，就像一颗熊熊燃烧，终将烧尽的流星，从贝尔塞茨落到卡普兰，再落到威马克，最后，待诺兰大夫和吉奈太太都把我放弃，就落到隔壁的州立医院去。

我把毯子裹紧些，把座椅往后推。

"你冷吗？"护士粗鲁地喝问。

"是的。"我边说边动身朝走廊而去，"冻僵了。"

我睁开眼，暖和，宁静，裹得像一只白茧。一缕惨淡的冬阳照亮梳妆台上的镜子和玻璃杯，照亮那只金属门把手。走廊上传来清晨厨房女仆们准备早餐的喊喊喳喳。

听到护士敲我隔壁的门，在走廊最尽头。萨维奇太太仍带睡意的嗓门洪亮响起，护士端着叮当作响的早餐托盘进了她房间。我想象着，有点沾沾自喜，冒热气的蓝瓷咖啡壶，蓝瓷早餐杯，还有带雪白雏菊花图案的，胖胖的蓝瓷奶油罐。我开始听天由命。

即使必然坠落，我也要抓紧我的小享受，至少，尽可能得到它们。

护士在我们门上敲敲，没等回应就急冲进来。

是个新面孔——他们老是换人——一张精瘦沙色的脸，沙色头发，大颗的雀斑撒在瘦骨嶙峋的鼻子两边。不知为何，一见这护士我就心酸，直到她大步穿过房间，拉开绿色的百叶帘，我方才明白，她的陌生感一半来自空着的两手。

我欲张口打听早餐托盘，但立刻命自己沉默。

护士也许把我当成了别人。新来的护士常那样。

贝尔塞茨是不是有人要做电击治疗，我不得而知，而这名护士一定是，可以理解地，把我和那人弄混了。

我等着，直到护士做完我房间的一小圈整理——拍打啦、抻直啊、摆放啦，然后将下一个托盘送到劳贝尔房间，走廊更远处的那张门里去。

然后，我将双脚伸进拖鞋，拖着我的毯子，因为天虽晴朗，却寒气逼人。我赶紧去厨房。那位粉红制服的女仆正往一排蓝瓷咖啡罐里倒咖啡，用那把炉子上碰得发瘪的大壶。

我深情依依地注视那些排队等候的盘子——雪白的纸餐巾，折成利落的等腰三角形，每张都压在一把银叉下面，蓝色蛋杯中那软煮蛋的苍白圆拱，盛橘子酱的玻璃扇贝形小碟。

我只需伸身索要我的托盘，天下就太平了呀。

“出差错了，”我告诉女仆，边靠到柜台上，边说得细声细气，自信满满，“今天新来的护士忘给我送早餐了。”

我装出一个灿烂笑脸，以示并无怨愤。

“叫什么名字？”

“格林伍德。埃丝特·格林伍德。”

“格林伍德，格林伍德，格林伍德。”女仆长疣子的食指一路划下厨房墙上张贴的贝尔塞茨病人名单，"格林伍德，今天没早餐。"

我两手抓住柜台边缘。

"一定弄错了。你肯定是格林伍德？"

"格林伍德。"护士进来时，女仆口气正断然。

护士疑问地看看我，再看看女仆。"格林伍德小姐想要她的早餐盘。"女仆避开我的目光说。

"哦，"护士朝我笑笑，"今早晚些时候你会得到早餐盘的，格林伍德小姐。你……"

但我不想等着听护士要说的话。我不假思索大步冲进走廊，不回自己房间，因为他们会到那儿抓住我，我冲进那间凹室，远不如卡普兰的凹室，但好歹是间凹室，在走廊安静的角落里，这地方，琼、迪迪、萨维奇太太都不会来的。

我在凹室最远的角落蜷缩成一团，用毯子蒙住脑袋。重创我的不是电击疗法，而是诺兰大夫无耻的背信弃义。

我喜欢诺兰大夫，我爱她，我把自己的信任搁进大盘拱手奉上，把心事统统告诉她，她承诺过的，信誓旦旦承诺过的，假如我必须再次接受电击治疗，一定提前通知我。

假如头天晚上她告诉了我，我就会彻夜无眠，当然，一开始会充满恐惧和预感，但到今早，我就会沉着镇定，做好准备。我就会在两名护士护送下，路过迪迪、劳贝尔、萨维奇和琼，昂首阔步，如同勇士，凛然赴死。

护士向我弯下腰，唤我的名字。

我躲开，往角落里缩得更远些。护士走了。我知道她会回来，很快，再带来两个魁梧粗壮的男护工，他们会抬起一路号叫踢打的我，经过休息室此刻正聚在一起看笑话的观众。

诺兰大夫的胳膊抱住了我，妈妈一样搂着。

"你说过你会*告诉我*的！"我透过凌乱的毯子叫道。

"可我*正是*来告诉你呀，"诺兰大夫说，"我今天特地早些来，亲自陪你去。"

透过哭肿了的眼皮我看她一眼："那你昨晚上为什么不告诉我？"

"我只是担心你会一夜睡不着呀。要是你一早知道的话……"

"你说过你会告诉我的。"

"听话，埃丝特，"诺兰大夫说，"我会陪你一起去，全程都在场，让一切不出差错，按照我答应过的做。你醒来的时候我也会在场，会再把你送回来。"

我看着她，她好像很不安。

我等了片刻才说："答应我，你会陪着我。"

"我答应你。"

诺兰大夫掏出一方白手绢擦擦我的脸。然后钩住我胳膊，老朋友一样，扶我起来，我们顺走廊往前走。

毯子缠住我的脚，我就随它掉落下去，可诺兰大夫似乎不在意。

我们路过琼，她正要出房间，我故意对她鄙视地一笑，意味深长，她缩了回去，直到等我们完全走过。

后来，诺兰大夫在走廊尽头打开一张门锁，带我走下一段楼梯，进入那些神秘的地下室走道，这些走道，在一张精心构筑的地道与地洞的大网里，连接着这家医院五花八门的各种建筑。

　　墙壁贴着亮眼的卫生间白瓷砖，黑色的天花板上间隔有序地亮着光秃秃的灯泡，四下里摆着一副副担架、一只只轮椅，靠在发出嘶嘶声、咔嗒声的管道上，这些管道四通八达，顺着闪光的墙壁延伸，好比医院建筑错综复杂的神经系统。我挂在诺兰大夫的胳膊上就像死尸，她不时捏我一把，给我打气。

　　终于，我们在一张绿色的门前停脚，门上，黑色的字母写着"电疗"二字。我畏缩不前，诺兰大夫就等着。然后，我说："赶紧把这事了结算了。"我们走进去。

　　候诊室里除了我和诺兰大夫还有位面色苍白，穿栗色浴袍的男子和陪同的护士。

　　"想不想坐下？"诺兰大夫指着条木凳，可我两腿铅一般沉重，心里想，等电疗师进来，我再从坐姿拉起身来会有多艰难。

　　"我宁愿站着。"

　　终于，一位个子高高，形容枯槁，穿白色工作服的女人从一张内门出来了。我还以为她会上前，带走那个穿栗色浴袍的男子，既然他先到。所以，她朝我走来时，我大吃一惊。

　　"早上好，诺兰大夫。"那女人打着招呼，一面用胳膊搂住我肩膀，"这位就是埃丝特？"

　　"是的，休伊小姐。埃丝特，这位是休伊小姐，她会关照你的。我已经跟她说了你的事。"

　　我猜这女人准有七英尺高。她亲切地朝我弯下腰，我看得清她的脸，龅牙齿戳在正中央，还肯定长过好多座痤疮，坑坑洼洼，活像月球火山口的地图嘛。

"埃丝特，我看现在就可以带你去了。"休伊小姐说，"安德森先生不会介意等一会儿的，安德森先生，是不是啊？"

安德森先生一声不吭，于是休伊小姐的胳膊就搂着我的肩膀，诺兰大夫跟在后头，我进了隔壁屋子。

透过眼缝，我不敢睁得太大，免得全景把我吓死，我看到高床上是雪白绷紧的床单，床后的机器，戴口罩的人——看不出是男是女——在那机器后面，还有其他戴口罩的人，守住床的两侧。

休伊小姐帮我爬上床，躺下去。

"跟我说说话吧。"我恳求。

休伊小姐开始用轻柔抚慰的声音说话，往我两边太阳穴上涂油膏，在我脑袋两侧安置小小的电钮。"你会完全没事的，一点感觉也没有，你就尽管咬住……"她往我舌头上放了个东西，我惊恐万状地咬住，随即，黑暗将我彻底抹去，如同抹去黑板上的粉笔痕迹。

第
十
八
章

"埃丝特。"

我从一场深沉而透湿的睡梦中苏醒，看见的头一样东西是诺兰大夫的面孔，在我面前游动，在呼唤："埃丝特，埃丝特。"

我用笨拙的手揉揉眼睛。诺兰大夫背后，看得见一个女人的身体，穿着黑白方格，皱巴巴一件袍子，正用力往轻便床上坐下去，仿佛从极高处坠落似的。还没来得及看得更仔细，诺兰大夫就带我穿过一张门，来到蔚蓝天空下的新鲜空气里。

所有激动与恐惧一扫而光。我惊异于这宁静。钟形罩瓶掀开了，悬空了，就在我头顶几英尺之处。我敞开自己，面对流动的清风。

"就像我跟你说的一样，是不是呀？"诺兰大夫问。我们并肩踏着嘎吱作响的褐色落叶，走回贝尔塞茨。

"是的。"

"嗯，会一直像那样的。"她肯定道，"你将一周做三次电击治疗——星期二、星期四和星期六。"

我深吸一口气。

"要做多久？"

"那个取决于你和我。"诺兰大夫回答。

我拿起银餐刀，啪地打碎鸡蛋一头的蛋壳。放下刀，再看看刀。想弄清楚为何曾经喜欢刀，可是脑筋溜出思想的圈套直晃悠，像只小鸟，悬在空荡荡的风中。

琼和迪迪正并肩坐在钢琴凳上，迪迪在看琼弹奏《筷子》这支曲子的低音部，而她弹着高音部。

我觉得琼这般牛高马大，真够悲哀的，一口大板牙，两只灰色大眼珠，瞪得老大，活像两颗卵石嘛。咦，她连巴迪·威拉德这种男孩子都留不住。迪迪的丈夫明摆着在和什么情人之类的同居，把她气得就像只臭烘烘的老猫。

"我——有——一——封——信。"琼唱着，一头乱发探进我的门。

"那敢情好。"我眼睛盯着书本。自从电击治疗结束，短短的一连五次，我获得了进城的特权。琼就像只喘不上气的大果蝇，成天围着我乱转——好像接近我就能吸到恢复身体的甜蜜。大夫把她的那些散布在她房间各处的物理书、写满笔记的硬皮记事本都收走了，而且只许她待在医院里。

"你就不想知道是*谁*来的吗？"

琼侧身溜了进来，坐到我床上。我想叫她滚出去，可她那神情令人浑身毛骨悚然，我做不出来。

"好吧。"我指头夹在正看的那页，合上书，"是谁来的？"

琼从裙兜里抽出一只淡蓝色的信封,摇动着撩拨我。

"嗨,真巧呀!"我说。

"什么意思,巧什么呀?"

我走到梳妆台前,拣起一只淡蓝色信封,也朝琼摇一摇,就像告别挥舞手绢似的。"我也有封信。不知道两封信是否相同呢。"

"他好多了,"琼说,"他已经出院了。"

片刻冷场。

"你打算嫁给他?"

"不,"我回答,"你呢?"

琼闪烁其词地笑笑:"反正我也不大喜欢他。"

"是吗?"

"是的,我喜欢的是他的家人。"

"你是说威拉德先生和太太?"

"是的,"琼的声音一阵风似的滑下我脊椎骨,"我爱他们。他们那么亲切,那么快乐,和我的父母完全不一样。我一直都去看望他们的。"她顿了一顿,"直到你出现。"

"很抱歉。"我说,"你要是那么喜欢他们,干吗不继续去看他们?"

"哦,我做不到。"琼说,"你和巴迪在一起我就做不到。那看起来会多……我不知道,多*滑稽*。"

我想了想说:"我看也是。"

"你打不打算,"琼犹犹豫豫地问,"让他来看你?"

"不知道。"

起初,我觉得让巴迪来精神病院看我不是好事——他也许只会对我幸灾乐祸，和医生们亲热交谈。可转念一想，也许这正是认清他面目，和他一刀两断的一步。尽管我没任何男友——我可以告诉他没有什么同传译员，也没有别人，他不合适，我早已和他断了来往。"你让他来？"

"对，"琼深吸一口气，"说不定他会带他妈来。我要让他带他妈来……"

"他妈？"

琼噘起嘴巴："我喜欢威拉德太太。她人真好，真好。一直待我像亲妈。"

脑海里立刻浮现出威拉德太太的形象，粗花呢衣裳，理性的鞋，充满智慧的母亲格言，诸如此类。威拉德先生就像她的小儿子，说起话来调门又高又尖，活像小男孩。琼和威拉德太太。琼……和威拉德太太。

那天早上我曾敲过迪迪的门，想跟她借些双音部的单页乐谱。等了几分钟不见回应，就以为迪迪不在家，我可以自己从她桌上取乐谱，于是推开门走了进去。

在贝尔塞茨，甚至在贝尔塞茨，房门都有锁，但病人没钥匙。一道紧闭的门意味着隐私，受到尊重，如同一道锁着的门。人们敲门，再敲门，随即就走开。我记得这规矩，就站住脚。走廊明亮，而室内黝黑，还一股麝香味儿，眼前一阵模糊。

等视觉恢复这才看清，床上有个身影爬了起来。有人轻轻地咯咯一笑。那身影理理头发，一对苍白卵石似的大眼珠透过昏暗打量我。而迪迪倒回枕头上，绿色羊毛晨衣下露出两条光腿，脸上挂一个小小的，嘲弄的微笑，右手指间的香烟在闪光。

"我只是要……"我说。

"我知道，"迪迪说，"那些乐谱。"

"喂，埃丝特，"琼这才打招呼，那粗得好似玉米皮的嗓门令人想吐。

"埃丝特，你等我，我会来跟你弹低音部。"

然而此刻，琼口气很坚决："我从来就没真心喜欢过巴迪·威拉德。他自以为什么都懂，还以为对女人也什么都懂……"

我凝视着琼。尽管浑身鸡皮疙瘩，尽管对她的厌恶年深月久，根深蒂固，她还是让我着迷呀。这就好比观察一个火星人或一只背上疙瘩尤其多的癞蛤蟆。

她的思想并非我的思想，她的感情也并非我的感情，可是我俩太相近，结果她的思想感情，就似乎成为我自己思想感情的一个扭曲而阴沉的象征。

有时候，我奇怪是不是自己一手造就了琼。另些时候我又奇怪，她会不会继续在我生命的每个危急关头冷不防地出现，提醒我我曾经是谁，曾经历过什么，就在我鼻子底下继续她自己不同却相似的危机。

"我找不到有些女人能从别的女人身上发现的东西。"那天中午和诺兰大夫面谈时我告诉她，"女人从男人身上找不到，却能从女人身上发现的是什么东西呢？"

诺兰大夫难住了。随后她说："是温柔。"

这句话堵住了我的嘴。

"我喜欢你，"琼对我说，"我比巴迪更喜欢你。"

她在我床上舒展四肢，一脸傻笑之时，我想起了我们学校宿舍的一件小丑闻。一名肥胸犹如胖大嫂，丑陋如同老太婆的毕业班女生，信仰虔诚，主修宗教专业，跟一名个子高高，举止鲁钝，曾多次被多位初次见面的约会对象，以各种别出心裁的方式抛弃在凌晨时分的大一新生，打得火热，形影不离。结果有一回被人撞见二人搂搂抱抱，据传，就在那胖女孩的房间里。

"那她俩在*做什么*呀？"我当时听说还傻傻地问。无论何时想到男人和男人在一起，女人和女人在一起，就无法想象他们、她们到底会做些什么。

"噢，"那个奸细回答，"米莉坐在椅子上，西奥多拉躺在床上，米莉在抚摸西奥多拉的头发。"

我挺失望的，还以为会听到什么邪恶的细节呢。我纳闷女人和女人在一起，是否就是躺下，拥抱。

当然咯，我们学校那位名气大大的女诗人就和另一位女人同居——一位矮矮胖胖，蓄齐耳短发，教古典文学的老学者。我曾告诉那位女诗人，将来某一天，我也许要结婚成家，生一大群娃娃，她就惊恐地瞪着我。

"那你的*职业*怎么办？"她当时惊呼。

我头痛啊。为何我总是吸引这些稀奇古怪的女人？这些名气大大的女诗人就数得出菲洛米娜·吉奈、杰伊·茜，还有《基督教箴言报》那位女士，天晓得还有谁。她们全都想以某种方式收养我，因为她们关照我所付出的代价和影响，我必须处处像她们一样。

"我喜欢你。"

"那太难了，琼，"我说着拿起书来，"因为我不喜欢你。你让我恶心，你要想知道原因的话。"

旋即我离开房间，留下琼横躺在我床上，呆头呆脑，好似一匹老马。

我等着医生，不知该不该拔腿就逃。我知道自己要做的事情不合法——这是在马萨诸塞州，无论如何，因为该州挤满了天主教徒——可诺兰大夫说这位医生是她的老朋友，而且足智多谋。

"你预约的是做什么？"活泼的白衣接待员问，一面在笔记本的名单上勾掉我的姓名。

"你什么意思？*做什么*？"我没想到除开医生本人，谁还会问我这个问题。公共候诊室里挤满等待别的医生的其他病人，多为孕妇或带着小宝宝的妈妈，能感觉到人家的目光在看我平平坦坦，原初状态的腹部。

接待员抬头扫我一眼，我脸红了。

"装避孕工具，是不是？"她和善地问，"我只是问清楚一下，好知道该如何收你的费。你是学生吧？"

"是——的。"

"那就半价。五美元，不是十美元。给你开账单好吗？"

正要说出家里的地址——账单到家时我可能也出院回家了——但立刻想到我妈打开账单，看到收费事由的表情。

我手里唯一其他地址，就是那个无伤大雅的邮箱号码了，这是病友们不愿人尽皆知自己住在精神病院时使用的地址。可我想到接待员也许认识这个邮箱号码，于是就回答："我现在就付吧。"从钱包里那卷钞票上剥下一张五元的。

这五美元是菲洛米娜·吉奈汇给我的，祝贺恢复健康礼物的一部分。我暗忖，她若得知她的钱被派作什么用，会作何感想。

不论她知不知道，菲洛米娜·吉奈都在为我的自由买单。

"我最恨的是想到自己被按在男人的大拇指下，"我告诉诺兰大夫，"男人在世上无忧无虑，而我却被个宝宝拴住脑袋，宝宝就好比一根大棍子，抽着我不准逾矩。"

"要是不用担心宝宝的事，你会不会行为不同呢？"

"会的。"我说，"*可是……*"

我告诉诺兰大夫那个已婚的女律师和她那篇捍卫贞洁的宣言。

诺兰大夫等我说完，随即开怀大笑。

"纯属宣传！"她说，一面大笔一挥，在处方簿写下这位大夫的姓名和地址。

我忐忑不安地翻着一期《宝宝谈》。一个个胖宝宝快乐的笑脸迎上来，一页又一页——光头的宝宝，巧克力肤色的宝宝，艾森豪威尔面孔的宝宝，头一次会翻身的宝宝，伸手去够拨浪鼓的宝宝，吃头一勺固体食物的宝宝，宝宝学习各种有助他成长的小游戏，一步一步，踏入一个充满焦虑，动荡不安的世界。

闻到一股儿童固体早餐食品、酸奶，和臭咸鱼味儿尿布的混合气味儿，一阵悲伤，一阵心软。周围这些女人养娃娃好像易如反掌呀！为何我如此缺乏母性，与众不同呢？为何我做梦都不敢想，把自己生命献给一个接一个拉拉扯扯的胖娃娃，就像多多·康维那样呢？要是我必须成天照料小宝宝，我一定会疯掉。看看对面女人大腿上坐的那个娃娃，不知几个月了。从来猜不出小娃娃的年龄——据我所知，他可能会咿咿呀呀不停发声，粉红色紧闭的嘴巴里头还长着二十颗牙，肩膀上顶一颗转来转去不安分的小脑袋——还似乎没脖子——看着我，一副好聪明的柏拉图表情。

那娃娃的妈妈笑一个，再笑一个，抱着他，仿佛那是天底下的第一等奇迹。我看着这位母亲和这个宝宝，想找到他们相互满足的迹象，但还没来得及发现任何东西，大夫就在喊我进去了。

"你想装个避孕工具。"大夫开诚布公地说。我顿觉轻松，幸亏他不是那种东问西问，尴尬问题一大堆的大夫。我还玩味过一个念头，打算告诉他，我计划嫁给一位水手，只等他的军舰停靠查尔斯顿海军造船厂的码头。我没戴订婚戒指的原因是我们太穷，等等，不过话到嘴边，我否决了这个怪动人的故事，就回答了一句："是的。"

我爬上检查台，心里想："我正爬向自由，不恐惧的自由，不嫁给错的男人的自由——比如巴迪·威拉德那种男人，仅仅为了性——不向佛罗伦斯·克里坦登之家①求助的自由，那地方所有贫困女孩都会去的，而她们本应当和我一样，安装避孕工具，因为她们以前做

---

① 佛罗伦斯·克里坦登之家（Florence Crittenden Homes）：美国收留未婚妈妈及其婴儿的一种机构，创办于 1897 年。

过的事反正还会接着做下去，不管不顾……"

　　我乘车返回精神病院，腿上搁着一个裹着普通褐色包装纸的纸盒，就像任何一位回家的太太，在城里逛了一天，带回一块施拉夫特牌子的蛋糕，或者一顶法林地下商场买的帽子，送给她的未婚姨妈。担心天主教徒都有一双 X 光般锐眼的疑虑渐渐变小，我泰然自若起来。这回可好好利用了我逛街的特权，窃喜。

　　我是自己的女人了。

　　下一步就是找个合适的男人。

第
十
九
章

"我要当个心理学家。"

琼说话一贯粗声大气，热情四溢。我们在贝尔塞茨的休息室里喝着苹果汁。

"嚄，"我干巴巴地回应，"那敢情好。"

"我和奎恩大夫长谈过了，她说这想法完全可能实现的。"

奎恩大夫是琼的主治医生，快活精明的单身女人。我常想要是落到她手里，恐怕还待在卡普兰，或者更有可能还在威马克嘞。奎恩大夫身上有种抽象气质，对琼富于吸引力，但令我感到恰恰相反的寒意。

琼絮絮叨叨，扯着自我与本我，我心有旁骛，想着底层抽屉里那个包装未除的褐色的包裹。我和诺兰大夫从不谈什么自我与本我。谈过些什么我真的不知道。

"……我要出去住了，现在。"

这下我注意琼了。"住哪儿？"我问，试图掩藏自己的妒忌。

诺兰大夫说我曾就读的学校会接受我读第二个学期，依据她的推荐信和菲洛米娜·吉奈的奖学金。但由于众医生否决了我过渡期跟我妈住，我就要在医院里住下去，直到冬季学期开学。

即算如此，我也觉得让琼先走出医院大门欠公平。

"住哪儿？"我刨根问底，"他们不会让你单独住吧，啊？"琼那星期刚获得进城的特许。

"哦，当然不让。我会住剑桥，跟肯尼迪护士住一起。她的室友刚结婚，正好要人和她分租那套房子。"

"干杯！"我举起盛着苹果汁的玻璃杯，我们碰了杯。尽管深有保留，我想自己会一直珍惜与琼的友谊。我俩就像被某种无法抗拒的境遇强拉到一起，好比战争或瘟疫，分享了属于我俩的世界。"你哪天走？"

"下月一号。"

"很好。"

琼伤感起来："你会来看我的，是吗，埃丝特？"

"那当然。"

但我心里想的是："不可能。"

"好痛！"我说，"是不是非痛不可啊？"

欧文不吭声。后来他说："有时候会痛的。"

我是在怀德纳图书馆的台阶上邂逅欧文的。当时，我站在长长阶梯的顶层，正俯瞰那些白雪覆盖的方院四周的红色建筑群，准备赶电车返回精神病院。忽然，一位高个儿青年走上前来，他戴副眼镜，五官难看却透着聪明，问我："请您告诉我时间好吗？"

我扫一眼手表："五点半。"

这时，青年将抱着一摞书的胳膊动了动，这些书捧在他胸前就像捧了只托盘似的，露出瘦骨嶙峋的手腕。

"咦，你自己戴了表啊！"

这男人可怜地看看自己的表，还抬起手来在耳边摇摇。"不走啦。"他可爱地笑笑，问："你去哪儿？"

我本想说："回精神病院。"但这男的看来前程光明，所以就改了主意，说："回家。"

"想不想先喝杯咖啡？"

我迟疑不决。按照规定，我应当回精神病院吃晚饭，而且眼看就可以签字永远离开那地方了。

"很小一杯咖啡？"

我决定在这个男人身上，实践一下自己崭新正常的人格。而在我犹豫不决的时候，这男人告诉我他名叫欧文，是位薪水优渥的数学教授，于是我就说："好吧。"并调整步伐，和欧文并排走下结冰的阶梯。

就是在亲眼见识了欧文的书房之后，我决定勾引他。

欧文住在一套阴暗但舒适的地下公寓里，在剑桥郊区已见衰败的一条街上。他开车带我过去——喝杯啤酒，他说——在一家学生咖啡馆连喝三杯苦咖啡之后。我们坐在他书房填充满满的棕皮椅子上，身旁环绕着一摞摞的书籍，灰尘仆仆，深奥难懂，巨大的公式艺术地嵌在版面上，像一首首诗。

我在啜饮头一杯啤酒——冬天我可从不喜欢喝凉啤，可我接过了这一杯，好有个东西可握住，踏实——忽然门铃响了。

欧文似乎狼狈不堪："我想可能是位女士。"

欧文有个不寻常且英国风度的习惯，把女人统称女士。

"没事儿，没事儿，"我夸张地打手势，"请她进来。"

欧文摇摇头："见到你，她不安的。"

我对着手中琥珀色圆杯里的凉啤笑了。

门铃再响，是专横的一记猛戳。欧文叹口气，起身应门。

他刚消失，我就溜进卫生间，藏到脏兮兮铝合金色的软百叶帘后面，打门缝里观看欧文的猴子脸。

只见一位牛高马大，胸脯丰满的斯拉夫女人，穿一件大垮垮的天然羊毛衫，紫色便裤，有波斯羊羔翻边的高跟黑套鞋，搭一顶无边女帽，对着冬日的寒气，白绒绒喷出一串听不见的话语。欧文的声音穿过凉飕飕的过道飘过来。

"抱歉，奥尔加……我在工作，奥尔加……不，不是这么回事，奥尔加。"同时那女人的红唇不停在动，一串串单词化作一股股白烟，漂浮在门旁光秃秃的丁香花枝上。随后，终于，"也许，奥尔加……再见，奥尔加。"

我惊讶那女人宽阔犹如大草原，羊毛衫覆盖的大胸脯。她从我眼里后退几英寸，踩着吱吱作响的木楼梯走了，唇上满是西伯利亚的苦涩。

"我猜你在剑桥风流事成堆呀。"我开心地揶揄欧文，一面在剑桥一家毫无疑问的法式餐馆用大头针戳着一只蜗牛。

"我好像是有女人缘。"欧文微微一笑，怪谦虚地承认。

我拿起空蜗牛壳，喝下里头香草绿的汁液。不知这样做是否得体，但接连数月用医院有益健康却淡而无味的规定饮食填肚皮，我真想死了黄油。

我用餐馆的付费电话给诺兰大夫打了个电话，请她允许我在剑桥和琼一起过夜。当然，我无法肯定饭后欧文会否邀请我回他的公寓。不过，我想他打发掉了那位斯拉夫女人——另一位教授的妻子——自己似有希望。

我头一仰，灌下一杯法国圣乔治之夜红酒[①]。

"你还真喜欢葡萄酒。"欧文评论。

"只喜欢圣乔治之夜，我想象他……与龙搏斗……"

欧文握住我的手。

我觉得自己头一个肌肤相亲的男人必须聪明，这样我才会尊重他。欧文二十六岁就做正教授，而且皮肤苍白无毛，是位天才小子。我还需要一个阅历颇丰的人来弥补我对那事的无知，而欧文的众多女人在这一项下面令人放心。再者，安全起见，我需要一个我不了解，也不打算继续了解的人——一位不带个人色彩，神父般的执法者，像在传奇中的部落仪式那样。

那夜将尽时，我对欧文什么怀疑都没了。

自从得知巴迪·威拉德的感情出轨，我的处女贞洁就好比脖子上挂了一块磨石，沉甸甸压着我。贞洁于我如此重要，保持贞洁又已如此长久，以至于捍卫贞洁成为习惯，不惜一切代价。我已捍卫它整五年，烦了。

就在欧文一把搂住喝得头晕眼花，绵软无力的我，带回他公寓，

---

① 圣乔治之夜红酒（Nuits-St.-Georges）：法国名酒，以其产地勃艮第地区的圣乔治之夜镇命名。

然后抱进漆黑卧室的那一刻，我喃喃地说："喂，欧文，我看应该告诉你，我还是个处女。"

欧文呵呵大笑，把我抛到床上。

几分钟后的一声惊叫，暴露出欧文起先还真没相信我的话。我想到自己多运气呀，正好白天采取了计划生育措施，因为那夜酒醉醺醺，绝不会再操心那件细致而必要的事。我躺着，心驰神往，一丝不挂，就在欧文粗糙的毯子上，期待感觉那奇迹般的变化。

可我感到的只是一阵尖锐骇人的刺痛。

"好痛！"我说，"是不是非痛不可啊？"

欧文先不吭声，后来说："有时候会痛的。"

过了一会儿，欧文起身进了卫生间，我听到淋浴的水声。我无法肯定他是否已经完成打算做的事，或者我的处女状态是否以某种方式阻碍了他行事。我想问问他，我是否依然是处女，可又心绪太不宁。一股暖和的流体正从我两腿之间渗出，我就小心翼翼，伸手点了一下那东西。

我把手举到卫生间泄出的光亮底下一看，那手指尖是黑的！

"欧文，"我紧张得叫道，"给我拿块毛巾来！"

欧文溜达回来，一块浴巾围在腰上，扔给我另一块小些的毛巾。我把毛巾推到两腿之间，几乎同时又抽了出来，毛巾被鲜血染得半黑。

"我在流血！"我惊叫着坐起来。

"哦，这种事常有。"欧文安慰道，"很快就会没事的。"

此时，有关血迹斑斑的新娘床单，早已失身却塞上红墨水胶囊的新娘之类的故事慢慢浮现心头。不知自己会流多少血，我躺下去，照料那条毛巾。脑筋忽然一亮，这血就是我的答案呀，我不可能再是处女了。我向着黑暗微笑，觉得自己是伟大传统的一部分了。

我悄悄地把毛巾干净的部分往伤口捂去，心想只要出血止住，就立刻赶末班电车回精神病院。我要在完美的祥和之中，沉思自己身体的新状态。可是每次取出毛巾都发现又黑了，还滴血。

"我……我想我最好回家去。"我虚弱地说。

"当然不能这么快。"

"不，我还是最好回家。"

我问能否借用欧文的毛巾，塞到大腿之间，权作绷带。然后，我套上汗湿的衣裳。欧文主动提出开车送我回家，可我想不出让他开车送我去精神病院的理由，就在钱包里翻找琼的地址。欧文知道那条街，出门发动汽车。我忧心忡忡，不敢告诉他我仍在出血，分分钟巴望血能止住。

然而，欧文开车带我穿过空空荡荡、白雪堆积的街道时，我感到那股热流已透过毛巾的堤坝，流到我裙子上，车座上。

随着我们减速，在一幢幢亮灯的房子之间穿行，我暗想，自己运气多好呀，不是在学校里或家中失贞，这些地方想瞒过他人，万万不可能。

琼开门时一脸喜出望外。欧文吻吻我的手，交代琼好好照顾我。

我关上门靠了上去，感觉热血从脸上突然飞流直下，流得一干二净。

"哎呀，埃丝特，"琼惊道，"你到底怎么啦？"我嘀咕何时她才会发现鲜血顺着我的双腿细细流淌，黏黏糊糊，流进我的一双漆皮鞋。觉得即使由于枪伤奄奄一息，她也只会黑眼睛傻瞪着我，指望我要一杯咖啡或者一块三明治。

"那护士在不在这儿？"

"不在，去卡普兰值夜班了……"

"那就好。"我挤出一丝苦笑，因为另一股热血穿透毛巾垫，正开始奔向我鞋子的漫长旅程，"我意思是……很糟糕。"

"你样子好吓人。"琼说。

"你最好赶紧找个大夫。"

"为什么？"

"快！"

"可是……"

她还没看出任何蛛丝马迹。

我弯下腰，咕咚一声，脱下一只惨遭冬日摧残的布鲁明戴尔买的黑皮鞋。我把这鞋子举起来，举到琼瞪得老大卵石般的眼睛跟前，把鞋子一翘，看着她慢慢领会到那是条血流，倾泻到米色的地毯上。

"我的上帝！这是什么啊？"

"我在大出血。"

琼连忙半搀半拽，让我在沙发上躺倒。往我血迹斑斑的双脚下塞进两只枕头，随即退后一步问："那个男的是谁？"

虚弱的刹那间，我还以为琼会拒绝打电话叫医生，直到我一股脑儿忏悔与欧文共度良宵的勾当。忏悔之后，她还会拒绝，好惩罚惩罚我。但我忽然明白，她会老老实实按字面价值接受我的解释的，我和欧文上床的事她完全无法理解。而欧文的出现，只是往我到访的快乐上轻扎了一下。

"哦，某人而已。"我虚弱地做个手势，打发掉这问题。又一股热血释放自己，吓得我胃部肌肉猛地抽紧。"快拿毛巾来。"

琼走开又立刻回来，抱来一摞毛巾和床单。

琼像个手脚利索的护士，赶紧脱下我渗透血迹的衣裙。脱到最初那块庄严的红毛巾时，她倒抽一口凉气，立刻堵上一块新的。我静躺着，努力减缓脉搏，因为每一下心跳都会推出另一股血流。

我想起令人心烦的一门维多利亚小说课，讲到妇女难产之后，接二连三地死去，血流成河。也许欧文以什么可怕惊悚的方式，弄伤了我。我就一直躺在琼的沙发上，真的快死了。

琼拖过一只印度膝垫，开始逐个拨打剑桥大夫那一长溜名单。头一个号码无人接。第二个号码有人接了，琼连忙解释我的情形，可那头只一句"知道了"就给挂断了。

"怎么回事？"

"他只看长期客户或急诊。今天礼拜天。"

我想抬起胳膊看看表，可是手重得像石头，纹丝不肯动。礼拜天——医生的天堂！大夫们逍遥在乡村俱乐部，大夫们逍遥在海滨，大夫们厮守情妇，大夫们陪伴妻子，大夫们上教堂，大夫们玩游艇，大夫们各处都在，坚决做人，不做医生。

"看在上帝分上，"我说，"告诉他们我就是急诊病人。"第三个号码无人接听。拨到第四个，那头刚听琼说事关女人月经就挂断了。琼哇地哭了。

"听着，琼，"我费劲地说，"打本地医院，告诉他们是急诊。他们必须收下我。"

琼脸色一亮，忙拨打第五个号码。急救站答应只要我能来急诊室，就会有大夫照料我。琼接着打电话要出租车。

琼坚持陪我一起去。我拼命夹紧新的一层毛巾垫，因为司机被琼给的地址大为感动，在黎明灰白的街道上，一个接一个，不断切角落，最后轮胎发出大大的尖叫，吱——停到急救站门口。

我听任琼支付司机车钱，急急冲进空荡荡，亮晃晃的急诊室。一名护士忙从一道白纱屏风后走出来。简单几句话，我设法说清楚了自己困窘的真相，在那个眼睛不停眨巴，瞪得老大，活像只害近视眼的猫头鹰似的琼进门之前。

急诊室的大夫慢腾腾踱出来。在护士帮助下，我爬上了检查台。护士对大夫耳语几句，大夫点点头，动手解开那些血淋淋的毛巾垫。我感觉他的手指开始探查。琼站在我身边，站得笔挺，士兵一样。她紧紧握住我的手，是为我，还是为自己揪心，我说不清。

"哎哟！"特别痛的一探令我畏缩，大叫一声。

大夫打声口哨。

"您真是百万里挑一呀。"

"您什么意思？"

"我意思是，发生这种事的概率是百万分之一。"

大夫对护士低声简要地交代几句，护士奔向一只靠墙小桌，拿来几卷纱布，一些银色的器械。"我看得很清楚，"大夫弯下腰，"这麻烦的准确位置。"

"您能修好吗？"

大夫大笑道："哦，能修好，没问题。"

我被敲门声惊醒。午夜过后，精神病院安静得犹如死亡。想不出谁还不睡觉。

"请进！"我拧开床头灯。门嘀嗒一声开了，奎恩大夫利索的黑脑袋在门缝处露出来。我诧异地看着她，因为我虽然知道她是谁，还常常路过她身旁，在精神病院的走廊里，快快点个头，但根本从没和她说过话。

可现在她问："格林伍德小姐，我可以进来一下吗？"我点点头。

奎恩大夫走了进来，随手轻轻关上门。她身穿一套海水蓝西服，一尘不染，配一件朴素而雪白的衬衫，露出 V 字形的领口。

"格林伍德小姐，很抱歉打扰您，尤其深更半夜的，可我想关于琼，您也许能帮我们一把。"

刹那间我直担心，琼再次住院，奎恩大夫是不是要怪罪我啊。我依然没把握那次去急救站之后，琼对我的事情了解多少，但数日之后她就回医院，住进贝尔塞茨了，不过还保留着最自由的进城特权。

"我会尽力的。"我回复奎恩大夫。

奎恩大夫坐到我床边，一脸严肃。"我们想弄清楚琼到哪儿去了。我们觉得您也许知道。"

突然之间，我想与琼彻底摆脱干系。"我不知道，"我冷漠地说，"她不在自己屋里吗？"时间早已过了贝尔塞茨的宵禁规定。

"不在，今天晚上琼获准进城看电影，到现在还没回来。"

"她跟谁去的？"

"她单独去的。"奎恩大夫顿一顿，"您知不知道她可能在哪儿过夜？"

"她肯定会回来的，一定被什么事给耽搁了。"但其实我并想不出琼在波士顿那种乏味的夜晚能被什么给耽搁。

奎恩大夫摇摇头。"一小时前末班电车已经开过去了。"

"也许她会打车回来。"

奎恩大夫喟然长叹。

"您试过那个叫肯尼迪的姑娘没？"我接着说，"琼住过的地方。"

奎恩大夫点点头。

"琼的家呢？"

"哦，她决不会去那儿的……但我们也试过了。"

奎恩大夫流连片刻，仿佛能从岑寂的房间嗅出什么线索。随后说一声："嗯，我们会尽力找的。"起身走了。

我关上灯，试图重新入梦，但是琼的面孔在眼前漂浮，没有身子，笑嘻嘻的，活像一只柴郡猫的面孔。我甚至以为听到了她的声音，穿过黑暗，时而沙沙作响，时而寂然无声，可接着就明白，那只是风儿吹过精神病院的树林子。

灰蒙蒙霜打的黎明，另一记敲门声把我惊醒。

这回我亲自开的门。

这一回，面对我的是奎恩大夫。她立正站着，酷似一位体弱的教官，但她的轮廓似乎奇怪地弄脏了。

"我想该让你知道，"奎恩大夫说，"琼已经被找到了。"

奎恩大夫使用的被动语态令我血流变慢。

"在哪儿？"

"树林里，结冰的池塘边……"

我张开嘴，却吐不出一个字。

"一位看林人发现了她，"奎恩大夫继续说，"就刚才，来上班的时候……"

"她没……"

"她死了，"奎恩大夫道，"恐怕是上吊自杀。"

第
二
十
章

又一场大雪覆盖了精神病院的大地——不是圣诞节那种纷纷扬扬，而是足有一人深的元月暴风雪，那种扑灭学校、办公室、教堂和树叶，一天甚或多天的暴风雪，在回忆录、记事簿和日历上留下一张完全的空白页。

一周内，我要是通过了与医院董事会的面谈，菲洛米娜·吉奈的黑色大轿车就会载着我向西飞奔，一直把我送到自己学校的锻铁大门前。

寒冬料峭！

马萨诸塞州将会陷入大理石般的宁静。我想象着一座座摩西奶奶①画笔下的村庄，雪花飘飘；大片大片沼泽地里，干枯的猫尾草，哗啦哗啦响；一座座池塘里，青蛙和鲇鱼在冰鞘下、战栗的树林中，做着香甜的梦。

然而，在迷惑人的洁净平板岩下，地形依旧。而我，没能到旧金山或欧洲或火星上去，将重新熟悉这古老的风景，小溪、小山、树木。某种意义上说，六个月时光流逝之后，从曾经决然停步的地

---

① 摩西奶奶（Grandma Moses, 1860—1961）：本名安娜·玛丽·罗伯逊·摩西，以"摩西奶奶"闻名于世，是美国一位德高望重的民间艺术家。

方重新开始，不过小事一桩。

当然咯，我的事也会人尽皆知。

诺兰大夫已相当坦率地提醒过我，很多人可能会对我小心翼翼，甚至退避三舍，像遇到佩戴响铃的麻风病人一样。我妈的面孔浮现在脑海，犹如一轮苍白责备的月亮，自我二十岁生日后，那是她第一次也是最后一次到疯人院探望我。有个女儿在疯人院！我竟那样伤害了她。然而，她显然已决定原谅我了。

"埃丝特，咱们从中断的地方重新来过，"妈抚慰道，一脸和蔼可亲，志士仁人的微笑，"咱们就把这一切当作一场噩梦。"

一场噩梦。

对罩在钟形罩瓶里的人来说，如同一具死胎，毫无表情，这世界本身就是一场噩梦。

一场噩梦。

一切都刻骨铭心。

我记得那些被解剖的尸体，多琳，无花果树的故事，马科的钻戒，共和大道的水手，戈登大夫手下那个眼镜片厚得像墙的护士，跌碎一地的体温表，送饭黑人和他的两种豆子，还有使用胰岛素时增加的二十磅体重，那块鼓在天海之间犹如灰色头骨的大礁石。

也许忘却，如同一场大雪，可以令人麻木，可以掩盖它们。但它们是我生命的一部分，是我自己的风景。

"有个男的来看你！"

一位笑意盈盈，雪白帽子的护士把脑袋探进门来，懵懂的一瞬间我还以为真的回到了学校，这白色的云杉木家具，这俯瞰树木小山的白色风景，比我原先房间的裂口椅子和桌子，比俯瞰光秃秃的院子强多啦。半年前，"有个男的来看你！"值守宿舍电话的女孩也曾经喊过。

我们，在贝尔塞茨的人们，与在学校里玩桥牌、扯闲话、读书学习的女孩子有何区别？而我就要从贝尔塞茨返回学校了。那些女孩子也坐在同类的钟形罩瓶之下。

"请进！"我回应一声。只见巴迪·威拉德手握卡其布帽子走了进来。

"嗨，巴迪。"我打个招呼。

"嗨，埃丝特。"

我俩站在那儿，四目相对。我期待哪怕一点点情感，最朦胧的一丝喜悦。却没有，只有一种大大而友好的厌倦。巴迪那卡其布夹克下的身体似乎变小了，并且与我毫不相干，犹如一年前的同一天他背靠那根褐色的杆子，站在滑雪跑道尽头一样。

"你怎么来的？"我到底挤出一句。

"开我妈的车。"

"这么大的雪还开车？"

"嗨，"巴迪咧嘴一笑，"陷在外头雪堆里了。小山太难爬。什么地方能借把铲子吗？"

"咱们可以找园丁师傅借一把。"

"那好。"巴迪转身就走。

"等一下，我和你一起去，帮一把。"

巴迪这时看看我，眼中闪过一丝奇怪的神情——那种混合着好奇与小心的神情，与曾到精神病院探访过我的，那位《基督教箴言报》女士，我从前的英语老师，以及那位一神教牧师眼中的东西相同。

"哎呀，巴迪，"我大笑起来，"我病已经好啦。"

"哦，我知道，我知道，埃丝特。"巴迪忙说。

"你不该刨车的，巴迪，我来吧。"

巴迪真的让我干了大部分的活儿。

汽车在通向精神病院的光溜溜山坡上打滑，后退，结果一只轮子越过车道边缘，陷入一个陡峭的雪堆。

太阳从灰色裹尸布般的云层后面露出头来，以夏日般的绚烂照耀在原模原样的山坡上。停下手，我眺望那片广阔清新的冰天雪地，感到与欣赏树木、草地、齐腰深的洪水同样刻骨铭心的快乐——仿佛世界惯常的秩序有了几分改变，进入了一个崭新的阶段。

谢天谢地，有这辆车和这堆雪，阻挡了巴迪想问的我的问题，我知道他想问的，并且他到底还是问了。在贝尔塞茨喝下午茶的时候，他压低嗓门，紧张兮兮地问了。迪迪从她的茶杯口觑觎我们，好似一只眼红的猫。琼死后，迪迪曾被搬到威马克去了一阵，如今又再次回到我们中间。

"我一直想知道……"巴迪笨笨地把杯子放回茶碟，弄出当啷一声。

"想知道什么呀？"

"一直想知道……我是说，我以为你也许能告诉我些东西。"巴迪迎上我的目光，我觉察，头一回觉察，他变得有多厉害。

他那往日招之即来，频率很高，犹如摄影师灯光般的自信微笑无影无踪，如今一脸沉重严肃，甚至迟疑不决——就像那种时常得不到想要东西的人的脸。

"要是能够，我会告诉你的，巴迪。"

"你觉得我身上是不是有什么东西让女人发疯啊？"

我忍不住了，纵声大笑——许是因为巴迪那一脸严肃，与"发疯"这个词通常的含义，放到那样一个句子中的缘故。

"我是说，"巴迪费劲地解释，"我先和琼约会，后来又和你约会，结果，先是你……进了医院，后来琼又……"

我用手指尖，把一点蛋糕皮推进一滴湿漉漉褐色的茶水滴。

"当然不怪你！"我听到诺兰大夫说。我曾经找她谈琼的事，记忆中她就这一次说话带气。"谁都不怪，怪她自己。"诺兰大夫接着告诉我，他们的病人当中，也发生过曾为最好的心理医师的自杀事件。如果要怪罪谁的话，就该怪罪他们这些大夫。然而，恰恰相反，大夫们都不认为自己该负责任。

"巴迪，我们的事与你无关。"

"你肯定？"

"绝对肯定。"

"嗨，"巴迪吸口气，"那我就心安了。"

他随即一口喝干杯里的茶，喝补药似的。

"听说你要离开我们了？"

在被护士监护的一小群病人当中，我跟上瓦莱丽亚的步子。"要等获得大夫们的允许。明天他们和我面谈。"

被踩得紧紧的雪地在脚下咯吱响，正午的阳光下，冰雪消融，到处能听到冰柱和雪壳悦耳的滴滴答答，汩汩细流，夜幕降临之前，它们又会上冻。

那一株株美洲大黑松在明亮的阳光下，留下道道阴影，好似薰衣草。我和瓦莱丽亚，沿着医院熟悉的迷宫似的小路，并行了好一阵。

一群群医生、护士，病人，在相邻的小路上走过，他们的身影被齐腰深的雪堆遮挡，活像脚上带了轮子。

"面谈！"瓦莱丽亚嗤之以鼻，"面谈等于零！大夫想让你出院就让你出院。"

"但愿如此。"

在卡普兰楼前，我和瓦莱丽亚道声再见，她那平静雪白的处女的脸蛋后面，简直不会发生任何事，不论是祸是福。我独自前行，呼出的气息在洒满阳光的空中宛若团团白雾。瓦莱丽亚最后快活地大喊一声："再见！期待再见！"

"我可不想再见。"我心想。

不过我也没把握，根本没把握。谁知道哪一天——在学校，在欧洲，什么地方，任何地方——那只钟形罩瓶及其令人窒息的变形会不会再次从天而降？

而且巴迪不是说了吗——像要报复我在刨雪堆里的车，而他不得不袖手旁观似的——"埃丝特，如今真不知以后你会嫁给谁了。"

"什么？"我问，一面把铲起的雪堆成堆，一面直眨眼睛，免得被风刮回的散雪蜇得痛。

"埃丝特，如今真不知以后你会嫁给谁了。如今你来过了，"巴迪挥手画一个大圈，把这小山、松树、白雪覆盖，模样严厉，山墙刺破绵延风景的座座建筑，统统画了进去，"这个地方。"

如今，我当然不知道谁会娶我为妻了，既然我来过了我来过的地方。我根本不知道。

"我这儿有份账单，欧文。"

我在精神病院办公大楼的主大厅里，对着付费电话的话筒轻轻地说。起先，我担心那个坐在总机旁的接线生会偷听，但人家忙着插插管、拔插管，眼睛都不眨一下。

"是吗？"欧文回应。

"账单二十美元，是十二月某日挂急诊和一周后复查的费用。"

"是吗？"欧文回应。

"医院说，他们把账单寄给我，是因为寄给你的账单没回应。"

"好吧，好吧，我现在就开支票。给他们开一张空白支票。"

欧文的语气忽变微妙："我什么时候再见你？"

"真想知道吗？"

"很想。"

"永不。"言毕，我咔嗒一声决然挂断。

我拿不准听了这句话，欧文会否还往医院寄支票，但很快就觉得他当然会的，他是数学教授——不会留下任何疏漏。

我感到膝盖说不出的发软，如释重负。

欧文的微妙语气对我一钱不值。

自从我们第一次也是最后一次见面后，这是我头一回和他说话，我相当肯定，这也是最后一回。欧文绝对没办法和我联系，除开去找肯尼迪护士的公寓，而琼死后，肯尼迪护士就搬了家，无影无踪。

我彻底自由啦。

琼的父母要请我参加葬礼。

吉林先生说，我曾经是琼最要好的朋友之一。

"要知道，你可以不必参加，"诺兰大夫对我说，"可以写封信告诉他们，还是不参加为好。"

"我要去。"我说，并且真的去了。朴素的葬礼过程中，我一直在琢磨，我正在埋葬的到底是什么。

祭坛前，棺材阴森森的，环绕在雪一般苍白的花丛中——有个东西的黑色阴影不复存在。我周围排排座椅上的面孔像被烛光涂上了一层蜡，那些松枝，圣诞节留下的，给袭人的寒气再添一股阴森森的香味。

我身旁，乔迪的脸蛋如花绽放，是那种上等红苹果，小小的送葬会中我认出了来自学校和家乡的几个女孩的面孔，她们都认识琼。迪迪和肯尼迪护士在前排，手帕掩面，低着头。

随后，在棺材、鲜花、牧师及悼亡者面孔的后面，我看到家乡小镇墓园的草坪，起伏延伸，覆盖着齐膝深的白雪，块块墓碑从中耸起，好似座座不冒烟的烟囱。

梆硬的地面将砍出一道六英尺深的黑沟。那条阴影将与这条阴影相融，我们当地特有的黄土将用白色封住这道伤口，再来一场大雪，抹去琼这座新坟的一切痕迹。

我深深地吸口气，倾听心脏那相识已久的吹嘘。

我活着，我活着，我活着。

大夫们正在举行每周一次的董事会——处理老业务、新业务、病人入院、病人出院事宜，进行面谈。在医院的图书室里，我视而不见地逐页翻着一本破破烂烂的《国家地理》杂志，等待面谈。

几位病人在护士陪同下，在藏书架之间转着圈子，跟病院的图书管理员低声交谈，管理员自己也是这家病院的毕业生。

我瞟她一眼——近视，老姑娘，自卑——我纳闷她怎么知道自己到底毕业没有，而且，她怎么知道自己人格完整，身体健康，与她的读者们不同？

"别害怕，"诺兰大夫叮嘱我，"我会在场，你认识的其他大夫也在，还有几位来访的客人。全体医生的领导——维宁大夫，会问你几个问题，然后你就可以走了。"

然而，虽有诺兰大夫的话宽心，我还是担心得要命。

我原指望，在离开的时候，会信心十足，对前面的路成竹在胸——毕竟，我已被专家们"分析"过了。但此刻，看到的只有无数问号。

我不断朝董事会那张紧闭的门投去焦急的目光。长筒袜的接缝笔直，黑色的鞋子有些破损，但擦得锃亮，红色羊毛套装华丽如同我的种种计划。一点旧的，一点新的①……

可我并不是要结婚。我想，为庆祝自己的新生，应当举行一个仪式——我被拼接过了，修补过了，获批准了，可以重新上路了——正努力想象一场合适的仪式，诺兰大夫忽然从天而降，碰碰我肩膀。

"埃丝特，该你了。"

我起身跟着她，走进那道敞开的门。

来到门口，我停下脚，好快快吸口气。我看到了来这里头一天见过的那位满头银发的大夫，他曾对我大谈河流呀，清教徒呀；还有休伊小姐，我想我早已认识她白口罩下的那张坑坑洼洼，活像死尸的面孔和那双眼睛。

那些眼睛和那些面孔全都转向我，在他们的导引下，仿佛被一根具有魔力的绳子牵着，我踏进房间。

---

① 一点旧的，一点新的：引自民谣 Something old, something new, something borrowed and something blue，根据西方传统习俗，新娘婚礼当天要穿一点旧的，一点新的，一点借来的，和一点蓝色的，以期带来好运。

图书在版编目(CIP)数据

钟形罩瓶 / (美) 普拉斯著;黄健人,赵为译. 一桂林:漓江出版社,
2016.5
ISBN 978-7-5407-7768-5

Ⅰ. ①钟… Ⅱ. ①普… ②黄… ③赵… Ⅲ. ①长篇小说－美国－现代
Ⅳ. ①I712.45

中国版本图书馆CIP数据核字(2016)第052462号

钟形罩瓶

[美] 西尔维娅·普拉斯　著

黄健人　赵为　译

责任编辑:孙精精
书籍设计:石绍康
责任印制:唐慧群

漓江出版社有限公司出版发行
广西桂林市南环路22号　邮政编码:541002
网址:http://www.lijiangbook.com
全国新华书店经销
销售热线:010 — 85893190
大厂聚鑫印刷有限责任公司印刷
[河北省廊坊市大厂回族自治县西大街　邮政编码:065300]
开本:880mm×1230mm　1/32
印张:8.375　字数:170千字
2016年5月第1版　2016年5月第1次印刷
定价:32.00元

如发现印装质量问题,影响阅读,请与承印单位联系调换
[电话:0316 - 8836866]